KB271260

전할수없는
이야기

끝내
전하지못한
이야기,

전할수없는 이야기.
초판펴낸날은.2010년 8월 16일
3쇄.펴낸날은 2010년 9월 3일
지은이.공병각
펴낸이.김현중
출판실장.옥두석.
북디자인.공병각   관리.이정미

펴낸곳.(주)양문
(110-260) 서울시 종로구 가회동 172-1
덕양빌딩 2층.
※출판등록.
1996년 8월 17일(제1-1975호)
ISBN 978-89-94025-04-9 03800

잘못된책은 바꿔드릴게요.
저작권이 있는 책이니.복제,전재는
안됩니다! 명심——..

곰

높은 '그런' 담론

한살더먹었습니다
34살. 크리에이티브디렉터,
디자이너, 캘리그래퍼?
그리고, 그냥 남자,,
저는공병각입니다.

내 사랑은 재활용 중..

한번 사랑에 실패 했다고 그 사랑이 멈추는 건 아닌 것 같습니다.
실패한 그 전 사랑으로 인해...내 가슴은 이미 시동은 걸려있습니다.
무척 고맙습니다. 심장뛰게 해줘서. 사랑 뭔지 알게 해줘서...
시동걸린 내 사랑의 엔진이 쿵쿵 뛰고있는 것은 정말 행복한 일입니다.
사랑에 준비 된 심장을 가진다는 것.
시동은 걸려있습니다. 이제 어디로 가느냐 목적지를 정하고.
그곳으로 달리는 일만 남았습니다.
한번도 상처받지않은 것처럼 사랑하라.
새것처럼. 처음인것 처럼. 재활용하라.

당신에게
비타민이
되길...

어쩌다'보니 두번쩨, Prologue. 입니다,

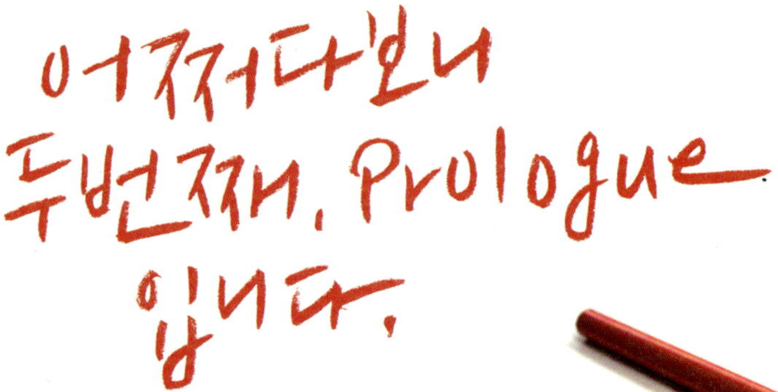

두번째 책을 쓰게 된다.

뭐 글이야 매일 매일 비가 오나 눈이 오나 바람이 부나 쓰는거지

본의 아니게 글씨와 글 쓰는 사람으로 이 사회에 낙인찍혀서,

본업이 무언지도 모를 상황까지 가버리며 사실은 이쯤에는 다음책이 나와야된다는 강요 끝에 밤을 새면서 책을 쓴다. 지난번 책을 내고 나서 수없이 느낀거지만.

난 글을 잘 못 쓴다. 말도 안 되는 일이지만. 난 맞춤법에도 약하고.

그다지 논리정연하지도 않으며. 설득력이 뛰어나지도 않다.

심지어 난 책도 잘 안 읽는다.

하지만. 난 여전히 사랑과 이별에 대한 글을 쓴다. 사랑과 이별의 이야기에는 적합한 논리와 설득력과 이해가 필요하진 않으니까. 내가 첫번째 책을 내고 가장 많이 들은 얘기중에 하나는

"아니, 어떻게 남자가 여자의 마음을 이렇게 잘 알까요?"

"아니오. 전 잘 모릅니다."

또, 아니 당신은 얼마나 많은 사람을 만나 사랑하고 이별했기에 이런글들을 쓸까요?

아니요. 전 무척 낯을 많이 가려서 여러사람 만날 자신 없습니다.

미니홈피를 통해 수많은 사람들의 연애고민상담. 전 연애전문가가 아닙니다.

그냥 술 좋아하는 동네 오빠, 형 혹은 동생 일 뿐이지.

그래도 내가 쓴책을 이별한 사람에게 선물하고 다시 만나게 되었다는 이야기는 정말 감동적인 사건. 것도 고맙다 인사 받은 것 만 다섯 건이나 되니 내가 불행한 열명을 행복하게 만든거란 말씀. 그러나 저러나 이제 나도 한살 더먹고 내 나이 서른 두살. 나야말로 발 등에 불이 떨어진 입장이지만. 아직도 사랑과 이별을 잘 몰라. 노력해도 잘 안돼.

난 두번째 사랑과 이별에 대한 책을 쓴다. 하지만 난 아직도 사랑과 이별을 잘 몰라. 이건 참 아이러니한 이야기. 당신의 사랑 이야기, 당신의 이별 이야기는 참 쉽다.

하지만 나의 사랑 이야기와 나의 이별 이야기는 쉽지 않다. 무척 어렵다.

누구나 한번쯤은 사랑에 울고, 웃고 이별에 아프고 힘들다.

그래서 나의 글에 한번쯤 울고, 웃고, 아프고, 힘들어 하는 것 같다. 나도 내가 쓴글을 보고 한번쯤 웃었고, 한번쯤 울었다. 다시 한번 아프고 다시 한번 힘들어했다.

난 이런 이야기를 한적이 있다. 나 책을 쓰면서 한 이백번쯤 이별한 것같아. 그래서 이별이 너무 익숙해서 이젠 사람을 만나 다시 사랑하기 힘들 것 같아. 누군가를 다시 만나는 일보다 이별하는 것이 익숙해졌으니... 다른 사람을 만나도 이별부터 생각하게 되는건 참 슬픈일이야.
나에게는 마지막 사랑을 만나 설레임으로 시작해 설레임으로 마지막을 보내고 싶은 소망이 있는데 말이야. 그래서 첫사랑을 만나 결혼까지 가는 사람을 보면 참 부럽지.
그런데 한사람을 만나 그 사람이 내 마지막사랑인 것처럼 생각하면서 사는건 행복한 일 일까?
어쩌면 다른 곳에 나와 딱 맞는 그런 운명의 사람이 헤헤 나 여기있어요...
이러면서 기다릴지도 모르는데 말이지...

그런데 실제로 많은 사람이 마지막 사랑을 만나기까지 얼마나 많은 덜 익은 사랑과 이별을 겪어야 하는지가 고민이래. 덜 익은 사랑도 이별은 아프기 마련이니까.. 만병의 근원이지. 스트레스.
사랑하는 사람은 티가 나기마련이지. 가난과 재채기와 사랑은 숨길수가 없으니까...사랑하는 사람의 얼굴에는 반영구 화장처럼 나 행복해 라는 문신이 새겨지는 것 같아. 딱 보면 보이거든. 사람은 사랑하면서 살아야돼. 사랑은 행복이니까.
500일의 썸머라는 영화를 봤어. 여주인공은 정말 나쁘지.
어쩜 그래... 그러나 사람은 다 그래. 여자주인공이 남자를 버리고 결혼을 하는 순간까지.
미련이란 걸 버릴 수 없는게 사람이고. 남자 주인공이 썸머를 지나 어텀을 만나기 전까지 방황하고 가슴 아파하고 미치고 환장하는 모습은 마치 지나간 날의 나로 빙의해 있는 남자주인공을 볼수있지. 우리의 사랑과 이별 공식은 대부분 일치해. 친구의 친구를 사랑했니? 난 널 믿었던 것 만큼 내 친구도 믿었기 때문이야.
햇빛 눈이 부신날에 이별 해봤니? 언제나 찾아오는 부두의 이별은 아쉬워서 두손을 꼭 잡았을거야. 있을 수 없는 일이라며 난 울었어. 다 그런거니까... 모두가 그렇게 사랑하고 이별하는 거니까...
그러는 순간 시간은 재빨리 흘러만 간다.
사람은 나이가 들면 시간 지각 능력이 떨어져서 시간이 빨리 흘러간다고 느껴진대...
어느새 몇 번의 사랑과 이별. 그 이별이 삼별이되고... 그러다보니 어느새 올해도 절반이 지나버렸네...내 팔자야...

나도 이제 좋아질 때도 됐다고 생각해. 지난 사랑도 사랑이기에 소중하지만.
나의 앞으로 남은 봄 꽃처럼 활짝 필 사랑을 기다려. 지금 나에게 감정의 열정이 남아있다면 그 열정을 당신한테만 쓰고싶어. 이제 내가 당신께 줄 마음. 받아줄래? 내 마음이야.
이렇게 호주머니속에서 쏙 빼서 당신 가슴에 팍! 하고 넣어주고 싶어.

오늘도 불을 끄고, 그냥 테이블에 종이 딱 놓고. 음악을 툭 틀고. 맘에드는 펜을 하나 착 들고. 머릿속을 비워낸다. 당신께 줄게. 모든 사람의 찬란한 사랑을 응원하며...

이천십년 칠월 이십일 공병각.

전할수 없는
이야기, 하지만
비겁하게, 세상에
떠도는 당신과 나
그리고, 우리의 이야기,.

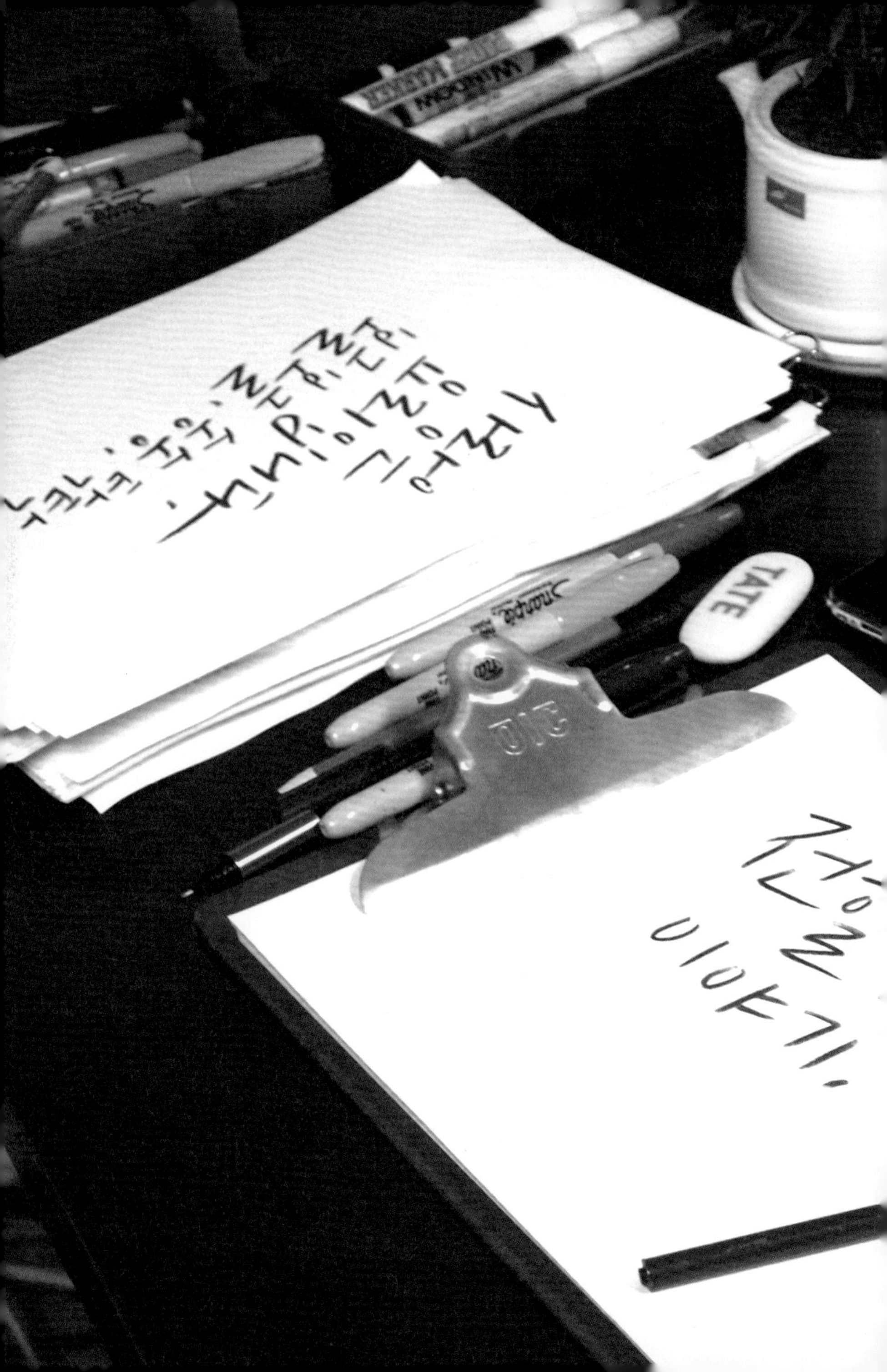
Sharpie
TATE
WINDOW
210

글을 쓸 때는
테이블에 종이 딱 놓고
음악을 툭, 틀고
맘에 드는 펜 하나를 척 들고
당신을 꺼내어놓죠..

슬슬…
기억을 들춰볼까요?
얼마나
기억하고 있을지…

벌써부터..
우울해지기
시작한다...

인생을
살면서,
내 사랑을
다 포기해

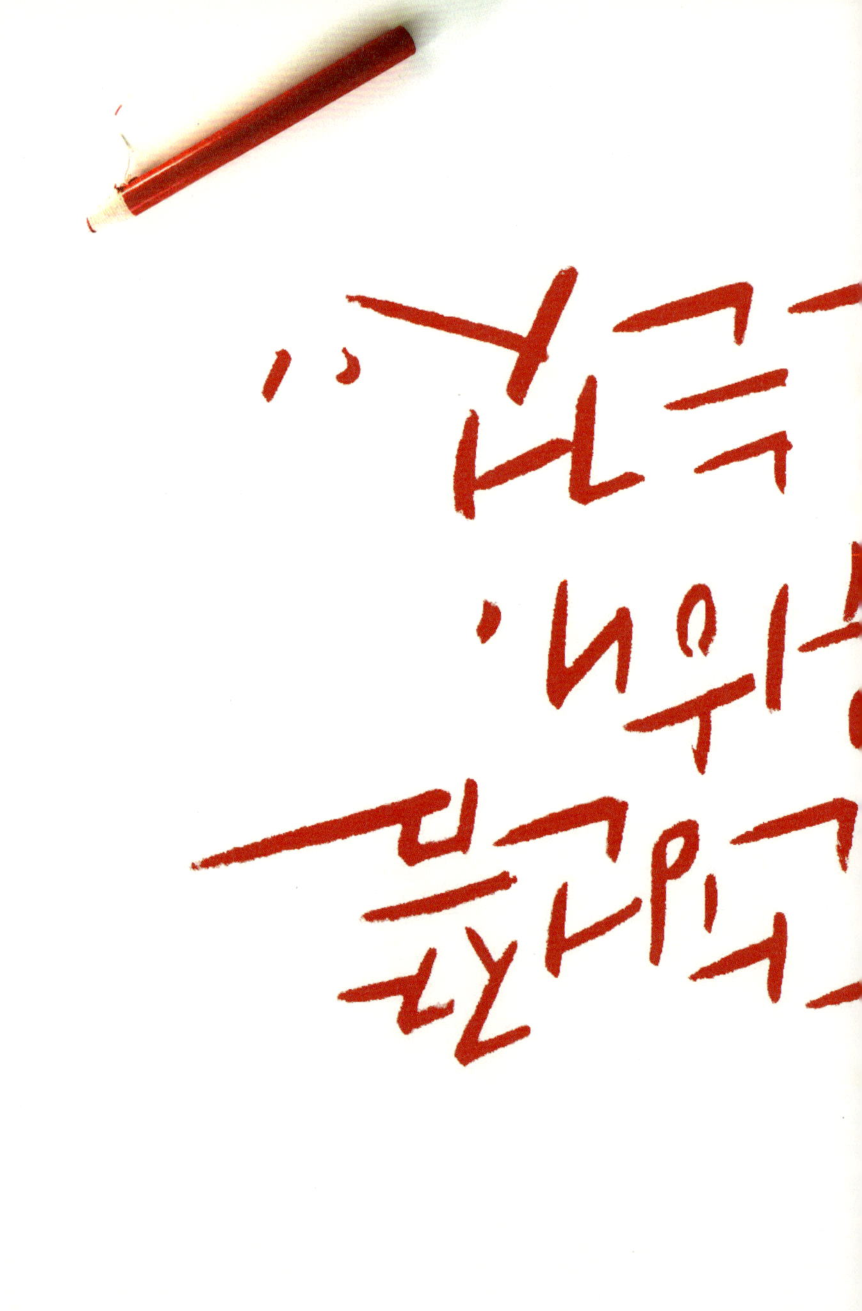

나의
사랑은
어려울지언정
정말 소중합니다

질문.
당신의 가장 행복했던 기억은 무엇입니까.

대답.
누군가를 사랑했을 때
나는 무척 뜨거웠으며.
스스로도 믿기 힘들 정도로 열정적이었다.
그때 난 정말 행복했었다.

다시 한번 뜨겁고 열정적이고 싶다.
그게 내가 생각하는 행복이다.
그리고 그 감정 정말 소중하다.

당신의
사랑은 어쩜
그리도
어렵기만 할까요,
남

잘 지내니. 한때 나의 전부였던사람. 이 글을 쓴 것은 술취한 어느 늦은 밤이었다.

사랑했던 그녀와 헤어진 지 한 일년 쯤 흘렀을 쯤 이었던가.

여전히 난 그 사람을 잊지못하고 방황하던 때였고. 그 사람이 여전히 그리웠다.

어쩌면 난 거짓말을 하고있었을지 모른다.

그 당시 내가 하고 싶었던 말은 "잘 지내니" 가 아니었으니까.

오히려 원망 섞인 한마디. 왜 우린 헤어졌을까.. 너 어디 잘사나보자.

내가 똑똑히 지켜본다. 였을지도 모른다.

헤어진 사람에게 행복을 빌어준다는 그런 어리석은 말은 난 믿지않는다.

헤어짐의 이유가 어떤 것이 되었든간에 사랑했던 것만큼 그 사람을 원망하고 또 원망하게 되는게 사람의 솔직한 마음이 아닐까.

비교적 나는 오랜 시간을 그 사람의 안부를 궁금해 했었다.

내가 책을 쓰고 한참이 지난 후 또 한번의 실수를 했었더랬다.

술 마시고 하지 말아야 할 첫번째, 헤어진 사람에게 전화하기.

그 실수를 아주 태연히 한치의 고민도 없이 머리가 기억하지 못하는 그 사람의 전화번호를 내 손이 기억해내서 지워졌던 그 번호를 다시 누르고 만 것이다.

깜깜한 밤에 비도 내리고 술도 얼큰히 취해서 집에 혼자 있노라니 괜스레 외롭기도 하고 이러고 있는 내가 불쌍하고 문득 서글프기도 해서…이건 지금도 생각하지만 변명이다.

걱정했던 것과는 다르게 졸린 목소리로 전화를 받더니. 별로 놀라지도 않고. 한참을 언제 그랬냐는 듯 마치 내일이라도 만나서 전에 함께 가던 카페에서 웃으며 차 한잔 할 수 있을것 마냥 헤헤 웃으며 전화통화를 한다.

잘지내? 이런말 따위는 사실 아무 쓸데없는 말이었던것이다라고 생각했던건 목소리만 들어도 다 알겠거든.

그 사람은 나에게 이렇게 얘기했다. 니가 쓴책 봤어. 좋더라.

너도 이제 좋아질때도 됐잖아. 너도 이제 좋은 사람 만나서 행복했으면 좋겠어.

그만 외로워하고 힘들어하고. 잘 지냈으면 해.

괜스레 눈물이 났다. 위로랍시고 하는 말이라곤. 뻔한 그 소리. 잘 지냈으면 좋겠다는 거짓말.

너도 거짓말이잖아.

한때 나와 너무나 닮았던 그 사람은 나와는 다른 그 사람이었고. 다른 척하는지 모르겠지만.

그럼 더 밉고. 나만 이지경이고 그 사람 아주 잘 지낼 수도 있다. 너무 억울하잖아.

그 날 난 그 사람을 완전히 놔줬다.

차마 놓지 못했던 너를 내 가슴이 비로소 놓아준다.

하지만. 만약.

그 사람 나에게 내가 했던 그 말처럼 나에게 묻는다면.

난 어쩌면 비겁하게 이런말을 할지 모른다.

잘 지낼리없잖아…이 미련한 말. 어디서 나온거니.

잘지내니?
잘지낼리없잖아..
바보 ..

힘겹다
아무일도 없었던 것처럼 돌아가는 일

힘겹다. 누군가를 다시 사랑하기란.
나와 당신이 함께했던것을 다른 사람과 함께하면서.
그 때 그 순간 느꼈던 그 감정으로 다시 돌아가는 것은 스스로도 용납이 되질않더라. 헤어지고 나서 앓게되는 이 병은 비교적 쉽게 걸리는 감기와 같고 쉽게 약국에서 구할수 있는 외로워서라는 변명으로 만나는 다른 사람이라는 약을 복용하면 할수록 당신을 떠올리게 되는 부작용에 시달리게 하더라.그 전의 순수하게 당신을 바라보던 나의 모습은 어느새 면역을 가지고 이별이란 병에까지 익숙해지며 그전의 나의 모습은 찾아보기 힘들더라.
쉽지가 않더라.당신 아닌 다른 사람을 가슴에 품는 일은 쉬운 일이 아니더라.
어느 순간에는 누군가를 만나는 것을 포기하고.
이건 안되는 일인가보다를 되뇌이다.
결국은 당신이 아니면 안되나보다를 깨달았다. 하지만.
당신도 나도 잘 아는 것처럼 우린 다시는 안된다.
아무일 없었던 것처럼 나를 되돌리기란 여간 어려운 일이 아니다.

지워요
그사람.

돌아갈순 없을거야

이별 후 생각을 한다.
우리가 걸어가고 있는 이 길이 아닌것도 너무나 잘 알고있었다.
당신과 나. 우린 어울리지 않는다고 생각한 것도 수백번.
하지만 당신과 헤어지고 나면 무척이나 힘든 하루 하루를 보낼 것이 너무나두
려웠다. 또 한번의 이별로 내 생활은 수척해지고 어두워질 것이란 걸 잘 알고
있기때문에 아닌 것을 알면서도 선뜻 결정을 내리지못했다.
당신과 어울리지도 않으면서 어울린다고 수천번을 다시 생각하면서...
지금 생각하면 난 너무도 어리석은 시간을 보냈지만.
그때는 이것이 나를 위한 이기적인 최선이었다. 내가 힘들기 싫어서.

다시 사랑한다 말할까.

지금은 좀 멀리와있지만. 다시 생각해보니. 결국 우린 정말 어울렸던 것이
며. 다시 나에게 최면을 걸어. 안어울리지만 어울리는 사이라며 다시 어리석
은 사랑을 할 수 있을까. 아니. 아니.
그때로 돌아갈 수는 없을거야.

아무일도 아닌것처럼 어찌 그래요

친구 녀석과 술을 마신다.
"얌마. 세상에 여자가 개 뿐이냐?
잊어. 바보처럼 왜 그러냐.
사내 자식이 여자때문에 죽네 사네.
한심하다. 정신 차려. 세상에 여자는 겁나 많아.
생각해보면 별 일 아냐.
한두번도 아닌데 왜 그래?"
물론 한 두번 일도 아니다.
세상을 살면서 수 차례의 사랑과 수 차례의 이별을 경험한다.
그렇다고 감정이 무뎌질까.
아무일도 아닌게 아닌데 아무일도 아닌것처럼
어떻게 그럴수 있니. 그냥 힘들게 내버려둬. 그냥.
이렇게 살다 죽게.
그냥 힘들고 괴로울때는 울게 냅둬라.
니 마음도 다 안다.
아무일도 없었던거 아닌데...
어찌 그래요. 난 못해요.
아무일도 없었던 것처럼 그렇게 살라는 말을 하지말아요.

괜찮다
다좋아질거다

가끔 나는 어려운 질문을 받는다.
"저 어제 이별했어요. 전 그사람 아직 사랑하는데 그사람은 그렇지 않은
가봐요. 다시 그사람과 잘 하고싶은데...전 어떻게 하면 되죠?"
망설여진다. 남의 연애사 모른척하면 그만이지만.
이 오지랖넓은 성격에 모른척하고 지나긴 애매하고.
그저 답답한 한마디.
"잊으세요. 2탄은 1탄보다 재미없고, 2탄이 실패하면 그냥좋았던
1탄의 기억까지 잃을가능성이 높아요. 곧 좋아질꺼에요."
사실은 좋아질거다라고 말하지만.
장담할 수는 없다. 사람마다 개인차가 있으니까.
누구는 며칠에 누구는 몇년 만에... 혹은 아직도.
하지만 사람 뇌는 너무나 대단한것이라서.
자꾸 좋아질거다, 좋아질거다라고 생각하면
정말 좋아지는것같다.
실은 뻥이다. 좋아지는 건 복불복이다.
더 안좋아질 수도 있고, 좋아질수도 있다.
그냥좋아지겠지라고 마음먹는게 난...망했어..라고 생각하는것보단
훨 낫단 그런말이다.

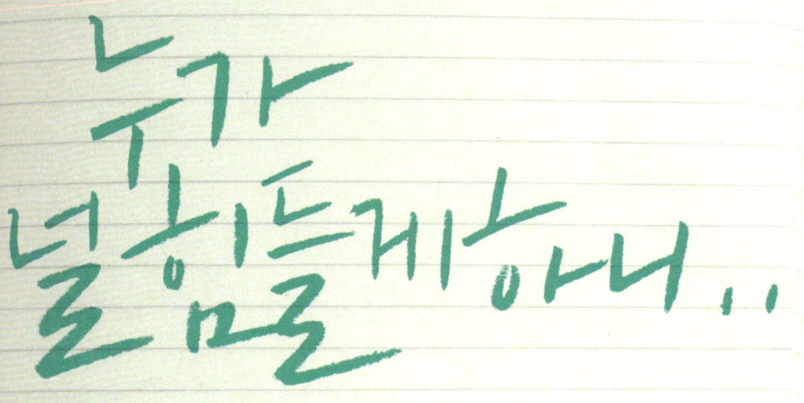

어렸을때 학교에서 억울한 일을 당하고 집에 들어오면... 엄마를 보자 마자
서러움이 복받쳐서 닭똥같은 눈물을 쏟아내곤했었다. 지금도 물론 억울한
일이 생기면 그렇게 울고싶은 생각이 굴뚝같다. 그때는 소리내서 엉엉 울고
나면 등 쓸어내려주시고 저녁에는 맛있는거 해줄게 울지마. 이런 엄마의 든
든한 사랑이 있었으니까... 배부른 사랑. 지금은 힘든 일이 있어도 내가 혼자
해결해야하고. 억울한 일을 당했을 때 나를 위로해줄 누군가를 생각 할 겨를
조차 없다는게 속상해진다.

속상한 일이 생겨 답답하던 어느 날.
나의 어두운 얼굴을 보며. 말없이 안아주던 당신이 생각난다. 왜 그래. 누가
속상하게 했구나. 괜찮아..괜찮아...
마치 엄마처럼 등을 쓸어주던 그사람.
나보다 작고 가녀린 그사람의 따뜻함을 잊을 수가 없다.

내가 억울한 일을 당했을 때...
말없이 안아줄 수 있는 단 한사람.
그사람.

넌 참
쉬워서 좋겠다
'부럽다' 부러워...

내가 헤어진 그 사람이 나를 못잊고 한참을 힘들어하고 괴로워하다가 결국은 술독에 빠지고 다른 사람을 만나서도 나와의 추억을 그리워하고 다른 사람과 사랑하기가 너무나 힘들더라라고 이야기 듣는게 어느 한편에서는 훨씬 나은 얘기다.

나와 헤어진 그 사람이 다른 누군가를 만나. 너무나 행복하고. 개 결혼한대... 이런 얘기를 듣고 나면 완전 어이없고 짜증나는게 당연한거다.

가끔은 길거리를 걷다가 한때는 나와 죽고 못살던 나없으면 안 된다던 그 사람이 다른 사람의 손을 잡고 이렇게 행복이지라는 표정으로 아장아장 걸어가는 모습을 목격하는 찰나. 아무 감정없던 나의 심장은 심박수가 격하게 빨리지며 어금니를 부득 꽉 물게 되며, 달려라 하니의 불끈 쥔 주먹처럼 꽉 쥐게 된다.

그 사람 나와 헤어진 사람이고. 그 사람 행복한거 그래 잘 된 일인데... 이렇게 빨리 행복하면 그건 곤란하잖아.
나 없이도 너무 빨리 행복한 거 그건 아니잖아.

후회해봐야 아프기만 하지..

난 후회하는 거 절대 반대. 뭐 사람 마음이 자기 마음처럼 잘 될리 없겠지
만. 그리고 사람 마음 자기 마음이지만.
왜 후회하니. 뭐가 후회가 되니? 그 때 잘하지 못한거?
아니면 헤어진거? 어떤건데…
뒤늦은 후회라는 건 정말 아닌것같아.
있을때 잘하지라는 말을 몰라서 안한 것도 아니면서.
떠나간 버스를 보고 휘이휘이 손 흔드는 건 한심한 바보들만 한다는 거
모르는 것도 아니면서 그래봐야 아무 소용없다는거 잘 알면서도 왜 그러
는지 모르겠지? 허나 사람들은 다 후회라는걸 하나봐.
점심시간에 짜장을 먹을까 짬뽕을 먹을까 고민하다가도 먹고 나면 후회
하는 걸 뭐. 하지만. 후회하지마.
후회해봐야 가슴만 아프지. 뭐.

사는게 지루해졌어.

아..지루하다.
사는게 어쩜 이렇게 지루하지?
재미도 없고, 하고 싶은 것도, 먹고 싶은 것도, 뭐 신날것같은 일도 하나 없네.
어느날 갑자기 매트릭스의 주인공처럼.
누가 잘 꽂혀있던 내 플러그를 머리뒤에서
빼버린것처럼.
머릿속에서 그사람이라는 플러그를 빼버리고 난 뒤.
사는게 무척 지루해졌다는 걸 알았다.

바보 정신차려.

모르는게 아니다.
내가 지금 바보같은 짓을 하고 있노라고 나도 생각하고 있다.
그런데 마음처럼 내 일상이 정상적일 수가 없다.
하루 아침에 나의 일상이 그 전처럼 똑같아 질 수는 없는거다.
나한테 이래라 저래라 하지마라.
나도 노력하고 있다. 나도 그 전처럼 웃고, 그 전처럼 잘 먹고, 사람들
도 만나고 ,영화도 보고, 햇빛 눈부신 날에 길거릴 거닐며 계절에 맞
는 이쁜 옷을 입고 나도 행복하고 싶다. 그러나 잘 안되는 것 뿐이다.
그리고 언젠가는 달라지겠지. 그런 마음으로 산다. 단지 지금은 그
때가 아니라며 위로하고 지금 내가 잘 사는건 그 사람에 대한 예의가
아니라며 그 사람도 나처럼 힘들고 바보같이 하루 하루를 보낼텐데
내가 먼저 좋아질 수는 없다. 이렇게 생각하는 게 마음이 편하다. 그
러니 나한테 뭐라하지마라.
그냥 내버려둬라.
바보.

이런 내가, 참 정말

이번에는 정말 마지막.
내 인생 내 사랑은 지금 9회말 투아웃.
당신때문에 나 기다려왔노라고.
이렇게 나와 잘 맞는 사람은 이 세상에 존재하지 않노라며.
세상에 떠들고 자랑하고. 내 모든 것 다 주고싶고 머릿속을
당신으로 채우고. 가슴을 온통 연분홍 빛으로 물들여 이제는
나 당신사람. 당신없으면 나 못살아. 하며 순간을 평생인것처
럼. 당신을 생각하며 내 일상도 뒤집어 엎어. 당신을 향한 내
마음 보여주려고 무리하고 또 무리하고 힘들고 지쳐도 당신
만 내곁에 있다면야 이딴 어려움따위는 얼마든지 견뎌낼수
있어.라고 생각했다.
그리고 이렇게 노력하면.
당신과 난 행복할 수 있을거라고.
내가 노력하면. 그리고 또 노력하면...

틀렸다.

사람과 사람은 타이밍이라며. 부정하고 싶은 말을 늘어 놓는 당신의 이쁜 입에서 나오는 못된 말들을 얼마든지 돌려놓을 수 있을것 같은 그런 용기는 어디서 나왔는지...

그저 시간이 지나고 내가 여전히 당신을 바라보는 해바라기로 시간이 지나면 좋아질 것이라고 믿었던 나는...

어디서부터가 잘못된것일까.

사랑은 내뜻대로 되지않는다는 것을 깨닫기까지 얼마의 시간이 걸렸을까.

왜 나의 마음은 금세 사랑에 빠지는 금사빠 사랑이니 언제 그랬냐는 듯 금방 다른 좋은 사람만나서 나와의 인연은 잊혀질 거라고 말하는 그 순간에도 당신을 원하고 있었을까.

우린 너무 닮아서 이러는 순간에도 당신의 마음이 이해가 간다며 당신처럼 나도 힘들다는 말을 하는 순간에 머릿속에 나사하나가 빠지고 이제 마지막 던져진 볼이 슬로우 비디오처럼 느껴졌을까. 아직은 기회가 있을지 모른다고 생각한 것도, 여전히 어리석은 내 판단이었다.

포수의 글러브 안에 있는 볼이 이제는 끝이라는 걸 너무나 잘 안다. 경기는 끝났다. 난 졌다.

차마.. 배트를 놓을 수가 없다.

아직 내 사랑 9회말 투아웃. 경기는 끝나지 않았다.

그렇게 믿고 싶다.

9회말 투아웃. 점수는 영 대 영.

연장전에 돌입한다.

이렇게 생각하고 있는...

내가 정말... 싫다.

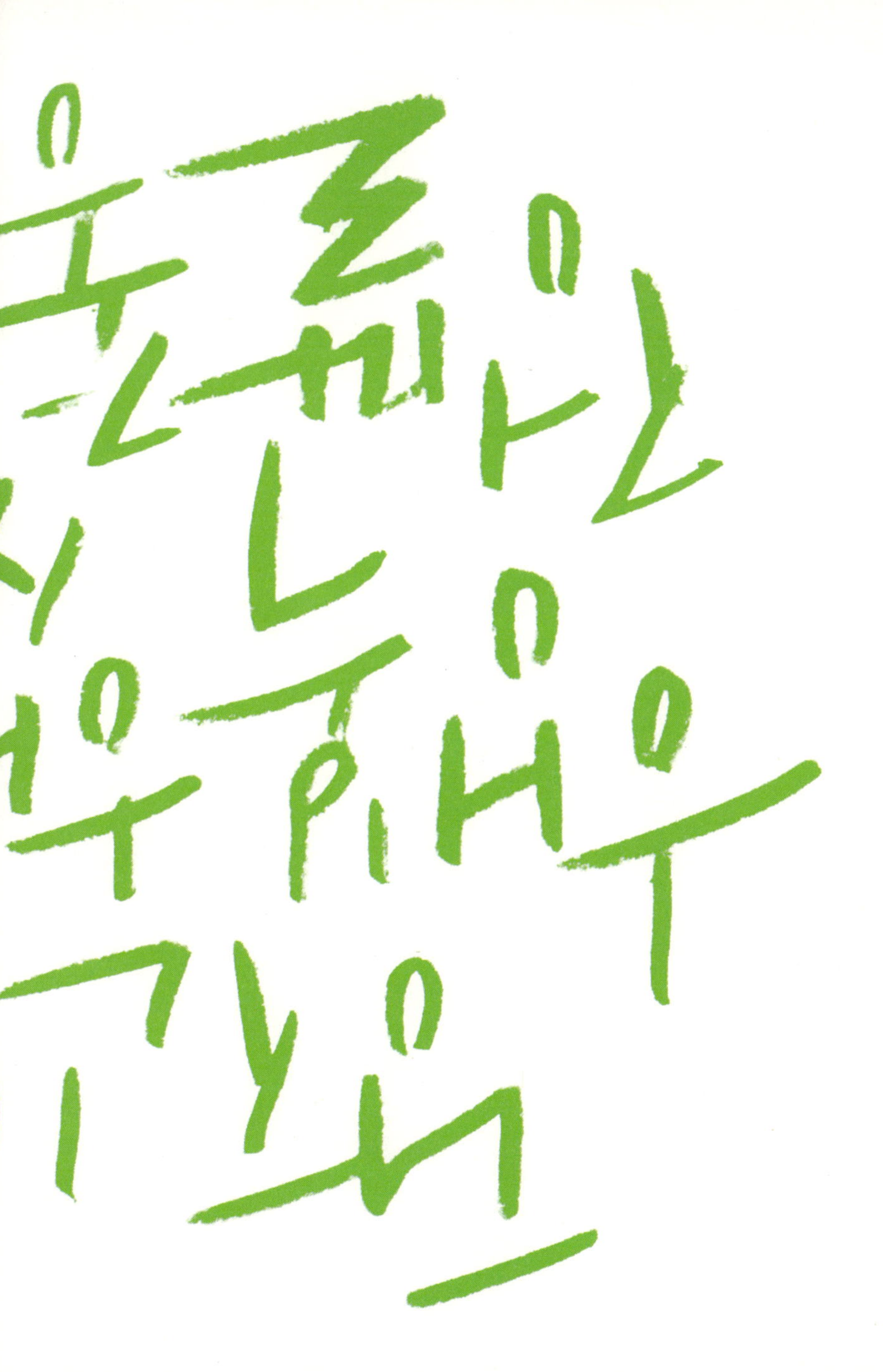

내가 당신 행복하라고
꼬박꼬박 빌겠다
그리고 내가
빌고있던걸 당신이
알고있었음 좋겠다

그러나
크리스마스러미미
내그러나
음되
그미든

금새바
"금방 사랑에
빠지는 사람 "

두 눈을
가려본다

난 당신을 만나 한동안 행복했었다. 한동안 당신이 나에게 가장 잘 어울리는 사람이라고 믿고. 나또한 당신에게 가장 잘 맞는 사람으로 살았다.부정할 수 없었던 이 감정은 머지않아 촛불처럼 호로록 작은 바람에 빛을 잃어버린다. 내가 생각했던 그런 사랑이라는 감정이 아니었다라고 생각하니 마음은 더 먹먹해진다. 내가 영원이라 믿었던 당신의 입에선 생각지도 못했던 말들이 방언터지듯 나오기 시작했고. 어느새 나에게는 감당하기 힘든 이별을 의미하는 말들이 대화의 대부분을 채워갔다. 눈에 보이지 않으면 금세 잊혀질 것이고. 시간이 약이라며 시간만 빨리 지나가 주면 별일도 아니라고. 그렇게 말해야 마음이 편한건지 그렇게 애기하고 우린... 아니 나는 위태 위태한 감정의 외줄을 탄다. 난 아직인데. 너 혼자 이렇게 정리를 해버리면 난 어쩌란 말이니. 이기적인 사람아. 당신을 바라보면 난 여전한데. 내 마음은 그대론데 그렇다고 당신을 보지않고서는 내가 살 수가 없을 것 같은데...
나한테 이러면 안되잖아. 하지만 결국은 그 사람이 원하는 대로 우린 남남이 된다. 처음으로. 어쩌면 우리의 처음보다 더 어색한 사이로. 서로를 모르던 시절로. 거짓말. 당신은 그게 쉬워?
난 그렇게 안된다. 시간이 잊게 해줄까. 눈에 보이지 않으면 잊게 해줄까? 그럴까? 시간이 흐른다.
하루 이틀. 머릿속에 당신을 비우는 연습. 그리고 학습을 한다.
그리고.
두눈을 가려본다.

아직 있잖아. 눈감고 떴을때 마지막 잔상처럼.
아직이잖아.

싸구려
커피를 마신다

난 아무것도 넣지 않은 쌉싸롬한 아메리카노와 에스프레소를 즐겨 마신다. 설탕이며 크림이며 우유같은 걸 넣으면 속도 미식거리고 울렁거려서 마시고 나면 늘 후회한다. 게다가 단 것을 별로 좋아하지않아서 왠만하면 군것질도 하지않는다.
사람도 담백한 사람이 좋다. 달달하게 꾸며지거나 치장한 모습은 별로다. 솔직하고 순수한데 에스프레소를 마신듯 강렬한 인상을 주는 그런사람이라면 정말 좋겠다.
그리고 나와 정말 잘 맞는사람.

싸구려 커피를 마신다.
커피둘 설탕둘 크림둘...
달짝지근한 투명하지못한 이 커피를 마신다.
찻잔을 만지작 만지작...
휘휘 저어서... 입가에 가져간다..
아.. 달달하니.. 맛있다..
이맛에 익숙해지면...
전에 먹던 아메리카노는 힘들겠다...
변하는것.
변하는것이 무서운것.
나와 맞는것.
나와 맞지않는것.
나와 어울리는 사람.
나와 어울리지 않는사람.
나와 맞지만 나와 어울리지않는 사람.
늘 공존한다.

그런데 난.
마시면 울렁거리고 미식거리는 그런사람을 만난다.
커피 둘. 설탕 둘. 프림 둘.
싸구려 커피를 마신다.
내가 원하는 그런 커피는 내가 만나기 어려운 사람.
아무리 노력해도 안되는 사람.
내가 다가가면 멀어지는 사람.
그런사람.
그래서 난 결국 나하고 맞지도 않는.
그런 싸구려 커피를 마신다.
그리고 밤마다 토한다.
사람들은 저마다 자기가 만나고 싶은 사람이 있어도.
현실적으로 자신과 그사람은 맞지않는다고 쉽게 포기해버리고는.
자신과는 전혀 맞지 않는 사람을 만나고.
이게 딱 내 입맛이네. 나와 딱 어울리네.
자신을 낮추어버린다.

아무리 당신이라 외쳐도 대답하지 않는다

당신을 외친다.
목에서 피가 나도록. 주먹을 꽉 쥐고 당신을 외친다.
당신이라고. 내가 찾았던 사람. 내가 기다려 온 사람 당신이라고.
하지만 대답하지 않는다.
그 사람 점점 멀어지나봐.
처음에는 아주 가까이에서 당신의 귓볼에 속삭였는데.
지금은 외칠때마다 한걸음 한걸음 멀어지더니.
이제는 저 멀리 멀어져 있네.
그래서 난 당신을 큰 소리로 외친다.
언젠가 나의 외침이 끝날 무렵. 그 때가 언제일지는 몰라도.
당신은 어디쯤에 있을까.
후에 알았다.
당신을 외쳤음에도 당신이 대답하지 않은 이유에 대해서.
난 단지 그 자리에서 외쳤을 뿐.
당신에게 다가가지 않았다.
그리고 당신이 멀어져가고 있는 모습을 바라보기만 했다.
내가 목놓아 부르고 있을때.
당신은 나에게 손짓하고 있었는데.
그저 내게 오라고 내게 오라고.
부르기만 했다.
그것이 우릴 멀어지게 했다.

생각이
멈
춘다

간직만
해왔던 그말
사랑해요.

나와 맞는 사람을 만나다

내가 당신을 더 일찍 만났더라면….
만날 수 있었더라면 좋았을 것 같습니다.
당신의 마음을 진작 알았더라면 더 좋았을 것 같습니다.
지금은 너무 늦었다 라고 말합니다.
비겁하게 지금은 너무 늦어서 안돼. 라고 말합니다.
그렇게 나 자신을 위로하고 당신을 위로하고 그렇게 넘어가기로합니다.
우린 그저 적당한 시간에 만나지 못했음을 위로받아야합니다.

나와 맞는 사람을 찾는다는건 참 힘든일입니다.
사람과 사람이 만나 사랑을 한다는건 참 행복한 일입니다.
나와 잘 맞는 사람과 너와 잘 맞는 사람이 만나 사랑한다는 일은 더더욱
행복한 일입니다. 누군가를 나와 맞는 사람이라고 판단해내는 일은 참
어려운일입니다. 하지만 딱 맞는 사람을 보는 순간 아! 이 사람인가 봐
라고 생각되는 순간은 찰나입니다.
찰나에 그 사람 알아보았다면.
놓치면 안됩니다. 꼭 그래야합니다.
아. 후광이 비친다는 건 착시 또는 덫 입니다. 조심해야합니다.
스텐드 등, 가로등, 형광등 등의 등 조심.

짝사랑…

그녀는 몰라요.
내가 얼마나 그녀를 생각하는지…
그녀는 모를겁니다. 아마.
내가 얼마나 오래 그녀를 바라보고 있었는지…
그렸는지…
그녀는 모를꺼에요.
얼마나 사랑하는지 얼마나 원했었는지.
꿈꿨는지…
내가 그린 그림에 주인공으로 얼마나 오랫동안 있었는지…
그리고 이제는 내가 포기해 버렸다는 것도 아마 모를꺼에요.

왜냐면 우린 만난적이 없거든요…

그게 참 슬픈 일입니다.

어쩌지 모르겠어,

내가 없는 니가 두려워요.
나 없이 밥은 잘먹을지.
그리워 울진 않는지.
춥지않은지.
머리 만져주지않아도 잠은 잘자는지.
술먹은 늦은밤 혼자 택시타기 무섭지않은지.
왜 모르겠어요.
잘 지내는거...
알아요.
그래도 이런 걱정을 안할 수가 없네요.

네가 있나요
조용히, 당신에게
부는 바람

사랑과 이별

누구나 내 식의 사랑을 원하지만 결코 내 뜻대로 되지 않는다.
누구나 내 사랑은 남들과 다르다고 생각하나 누구나 비슷한 사
랑을 하고 헤어진다.
이 사람 아니면 안돼 라고 생각하고 사랑하고 이 사람만 아니면
돼 라고 생각하고 헤어진다.

사랑은 짬짜면이 없으니까.

다시
사랑할 수
있을까?

yes
I
DO. AND
YOU TOO!

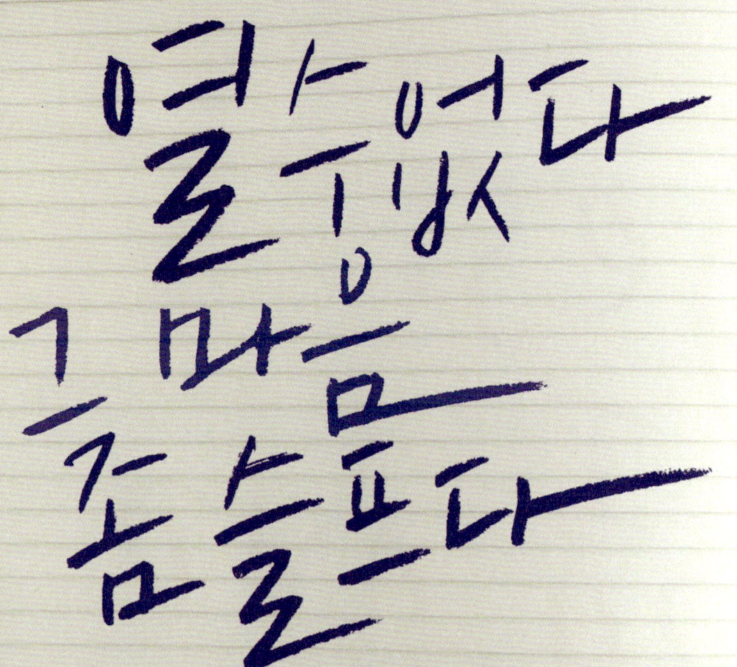

열 수도 없는 마음을 그저 들여다보고 있는 심정은 안 겪어봐도 뻔하다. 애간장이 들들들. 열번 찍어 안넘어 가는 나무 없다는 말도 다 옛말. 옛말 틀린 거 없어라는 말 다 개나 줘버려. 아무리 두드리고 아무리 불러봐도 열리지 않는 든든히 닫힌 문 앞에 초라하게 서있는 사람의 마음을 알지도 못하면서. 이 말을 만든 사람은 열 번찍은 나무와 행복한 결말을 맞이 했는지 모르겠지만. 그렇게 자기가 성공했으니 너도 될꺼라는 무책임한 말은 하지나 말지. 그리고 더 나쁜건 당신. 어차피 열리지도 않는 마음을 가지고 있었더라면. 나에게 여지나 주지말지. 곧 열릴것같은 눈빛으로 나를 그렇게 바라보면 어쩌라는 말... 살면서 가장 공감이 가던 단어 한개. 희망고문. 예나 지금이나 잘난 것들의 남겨두기 전략은 애꿎은 사람 여린가슴 다 태우고 숯검댕이 만들기 안 성맞춤. 너 그렇게 살지마. 이렇게 말하고 싶지만 여전히 난 니가 좋아서 그렇게 말도 못하는 심정으로 그저 슬퍼할 수 밖에. 이런 생각을 자꾸만 할 수록 참... 슬프다.
난 열번 찍어서 넘어가는 나무의 편견을 가진 사람이다.
처음의 감성으로 내 마음을 준다.
그리고 받아주길 기다린다. 하지만 이것은 무리수.
받아지기란 여간힘든일이 아니다.
하지만 이런 오랜시간. 여러번에 걸쳐 마음을 열기위해 열쇠구멍에 맞지않는 열쇠를 넣어봤다면 이미 그 열 쇠구멍은 낡고 낡아. 정작 맞는 열쇠를 넣으려고 해도 잘 들어가지지 않는다.
처음에 잘 맞는 열쇠를 찾는것이 가장 중요하다.

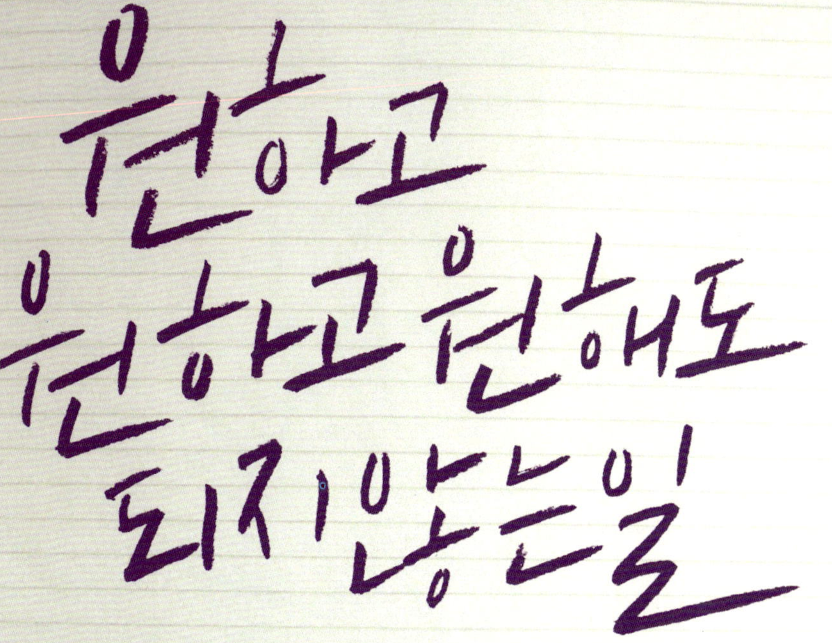

원하고 원하고 원해도... 안되는 일은 분명히 있잖아. 너도 잘 알잖아.

알지. 당연히 알지. 심지어 살면서 늘 내가 바라고 바라는 그런건 더 잘 안되더란 말이야. 참나 오히려 마음 비우고 그냥 될대로 돼바라하는 경우에 잘 되는 경우도 파다하고 말이야. 혹시 누군가를 위해 기도해 본 적 있어? 난 어떤 사람때문에 종교를 바꾼 적도 있어. 주위 사람들은 웃었고. 한심하다 했지만. 그게 나의 최선이 었거든. 그 사람이 좋아하는 일이라면 무엇이든 할 수 있었어. 그래서 난 기도를 하기 시작했어. 그런데도 잘 안되더라. 그분도 어쩔 수 없는 건가봐.

난 세상을 원망했었어. 어쩌면 내 뜻대로 되는 일이 하나도 없는 지 말이야.

난 그저 내가 좋아하는 그 사람. 내가 좋아하는 백분의 일정도만이라도 알아차리고 나를 좋아해주길. 겨우 그정도. 머 내가 큰 걸 바라나? 그런데 내가 그렇게 원하고 원해도 그 사람과 난 안되나봐.

아니 다른 사람은 다 되도 난 안 되는 건가봐.

그렇게 정해져있는 건가봐.

그러니 원래 안되는 일에 목숨걸고 열심히 해봐야 아무 소용없다는 걸 깨달게 되는건가봐. 사람은 포기 할 줄도 알아야하는 건 가봐.

원하고 원하고 원해도 이루어지지않는일이란건 이 세상에 없다고 생각했다.

하지만 세상에는 더 많은 감정과 감성이 존재한다.

그래서 그렇지 않은 사람도 그런 사람도 동시에 존재한다.

내가 원한다. 하지만 이루어질 수 없다.

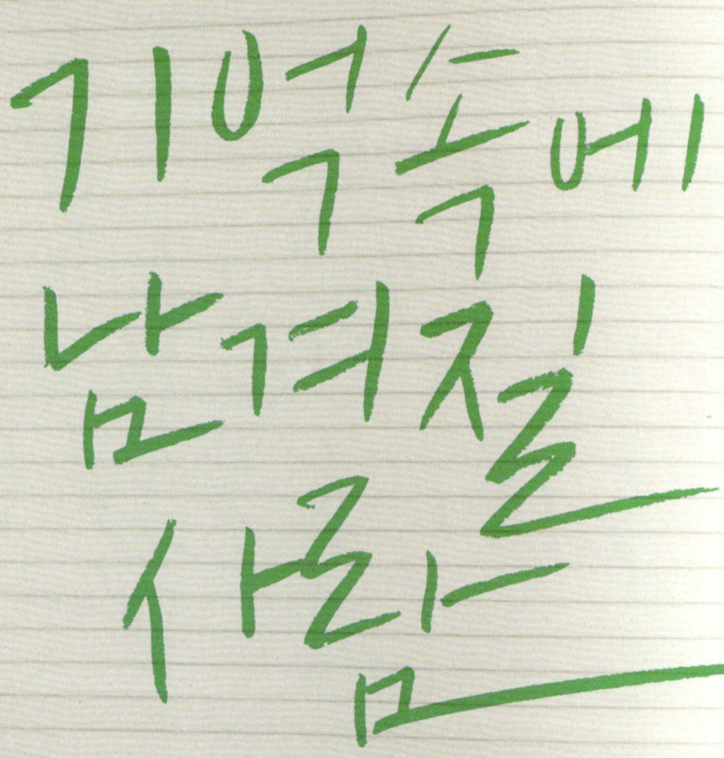

난 안다.
당신 오랫동안 내 기억에 남아서.
날 괴롭히고 힘들게 할 것이란것.
그래서 내가 당신 만날 때 잘 하지 못했던 거 한참을 후회하고도,
당신을 놓친 거. 나에게 당신만큼 잘 어울리는 사람없다는 거.
또 후회하고 후회하게 하려고 마지막 까지도 나를 걱정했었다는 거.
난 아주 잘 안다.
내 기억 속에 아주 오랫동안 남아있을 사람아.

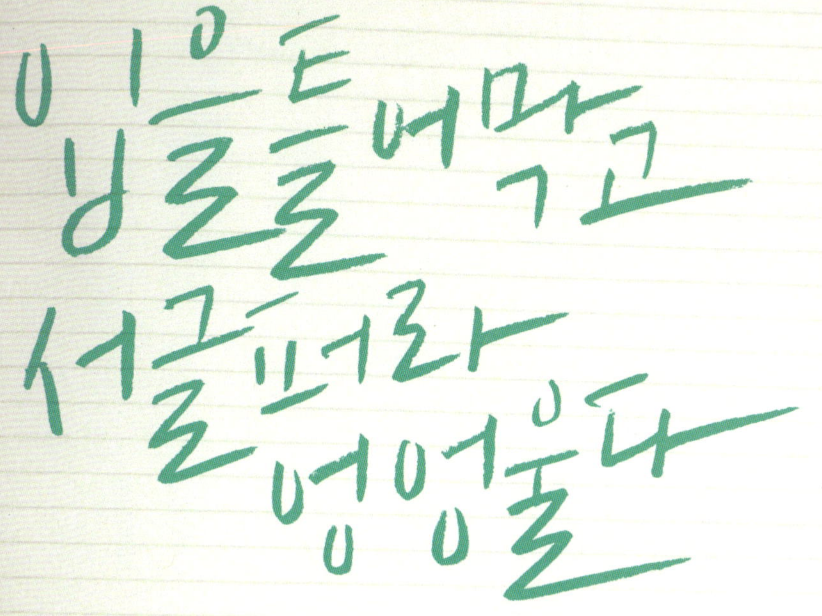

그녀가 처음 울던 날. 나도 참 많이 울었네.
항상 웃게만 해주고 싶었는데 그녀를 울리고 말았네.
미안하고 또 미안해서 자꾸만 눈물이 나왔네.
당신이 마지막으로 울던 날. 난 울지 않았네.
내가 지금 여기서 울면 당신 나를 잊는 데 한참이나 걸리겠지.
그래서 난 목구멍이 따갑고 토할 것처럼 슬프지만. 울지않았네.
그리고 잠시 후 당신이 떠난 빈자리를 보고 난 입을 틀어막고 한참을 울었네.
그 동안 참았던 눈물이 얼마나 많았는지 이제야 알았네.
그래도 참 다행이야. 당신에게 내가 마지막에 해준게 있어서.
난 당신과의 마지막이 아직도 목메이지만.
당신은 끝까지 냉정하던 내 모습 생각하고싶지도 않을테니까.

좋은 기억만 남는다더니. 순 거짓말.
난 당신의 우는 모습이 좋지않았는데. 당신의 우는 모습이 아주 깊게 남았네.

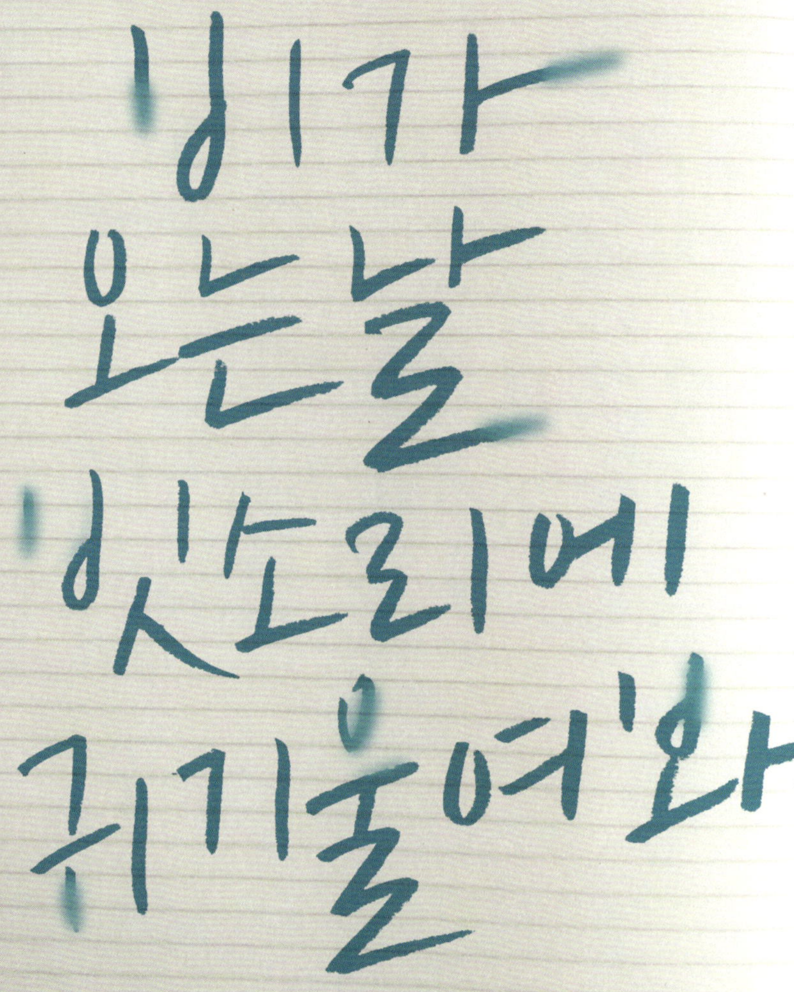

오늘은 좀 다르게
창밖에 비가 내리고.
조용히 불을 끄고 빗소리를 들으면 무언가 32비트 리듬이 들린다.
왠지 음악같기도 하고 엇 박자에 가끔은 미듐템포에 그렇다고 산만하지 않은 음악같다.
오늘같은 날은
빗소리 BGM으로 깔고
술한잔 하고싶다.

넘표근 '1ㅁ떡거나
ㄷ개우훠ㅣ넉ㅍ내ㅓㄹ)
근표근 ㅓㄴ내ㅁ
ㅣ극
ㅌㅍㅇ역ㅁ
ㅣ란ㄴㅁ를ㅁ
ㅇㅓㅁ

당신은 모르실꺼야

당신은 모르실거야 얼마나 사랑했는지
세월이 흘러가면은 그때서 뉘우칠거야
마음이 서글플때나 초라해 보일때는
이름을 불러주세요 나거기 서있을께요

두눈에 넘쳐 흐르는 뜨거운 나의 눈물로
당신 의 아픈마음을 깨끗이 씻어 드릴께
음~ 당신은 모르실거야
얼마나 사모했는지 뒤돌아 봐 주세요
당신의 사랑은 나요.

당신은
남들과 다르다
적어도 내겐
특별하다

남들과 다른 당신을 좋아한다.
나에게만 특별해 줄 당신을 무척 좋아한다.

귀뚤귀뚤
가을이 오려나봅니다
벌써부터
서글프군요

별 쓸데없는
걱정을
다하고 있다

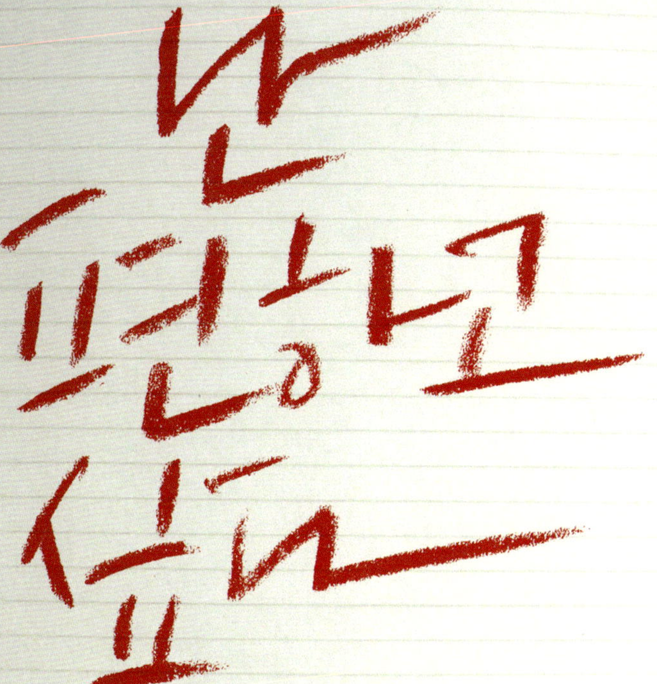

편하고
싶으면
사랑하면
안되지, 바보야

정말
이래도 되나
싶을 정도로
빠르다

나,,
안죽어?
아,,겅나,,

당신이
가렵다

뒤척이네.
난 널 뒤척이네.
돌아보네, 돌아보니.
아련히 해뜨는
오렌지빛 하늘같은 당신이
니가
생생해지네.. 가렵다

순종하는 사람, 헌신적인 사람.
헌신하다가 헌신짝이 된다며.
순종하다가 완전 종이 된다며.
그래도 이게 나의 사랑의 방식.
어쩔수없잖아.
결론적으로 그렇게 됐지만…
이런일은… 기억조차 하지말아.
다 내가 자처한 일.

기억조차 하지말아,

사랑한다
안한다
사랑한다
안한다

그대가 날 사랑한다. 안한다. 한다. 안한다.
여기서 반전을 주겠습니다.
난 이제 사랑을 한다. 안한다. 한다. 안한다.
이렇게 사람 피말리는 사랑따위 한다.
피는 마르지만 너무 달콤하니까 또 한다.
한다. 안한다. 아마도... 한다.

별일 아니야
그저 잘지내라고
인사일 뿐야..

착각하지마.
그냥 인사일뿐이고. 안부를 묻는것뿐인데.
왜 덜컥 착각의 늪으로 빠지고 난리니.

착각의 자유지만.
그러다 또 큰일날라...

착각,

좋은 기억만 남는다더니..

정말 그렇지?

벌써 일년, 다 생각나

그때, 그 미소

향기까지...

그거, 너

착각 아니니?

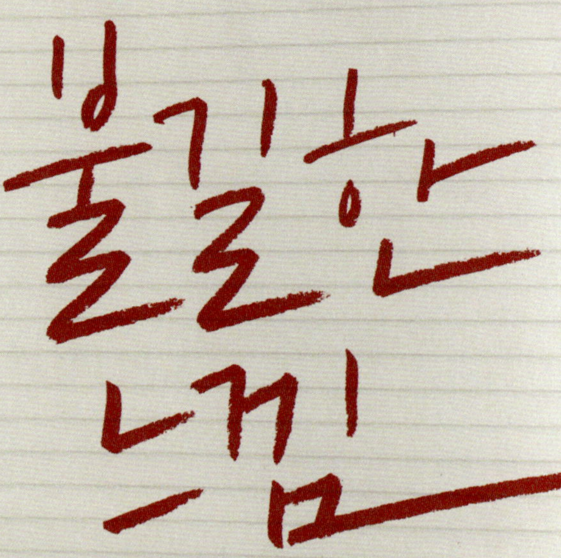

이별에는 불길한 징조가 있다.
어느 날 부턴가 날 보지 않는다. 핸드폰에 비밀번호가 설정 되어 있다.
통화가 잘 안된다. 그의 야근이 늘었다. 대화가 줄었다.
피곤하다는 말을 자주한다. 약속시간을 자꾸 미룬다.
하지만 이건 그다지 불길하지않다. 그럴 수 있다.

오늘 언제나 약속시간에 늦던 그가 약속 시간보다 먼저 나와서 앉아 있다.
불길함은 징조보다 느낌이 먼저다.
아무 일도 없었다. 하지만. 오늘 그의 눈 빛이 이상하게 느껴진다.
무슨 말을 하려다가 만다. 침을 자주 삼킨다.
내 느낌에는 그가 이별을 말하려고 하는 것 같다.

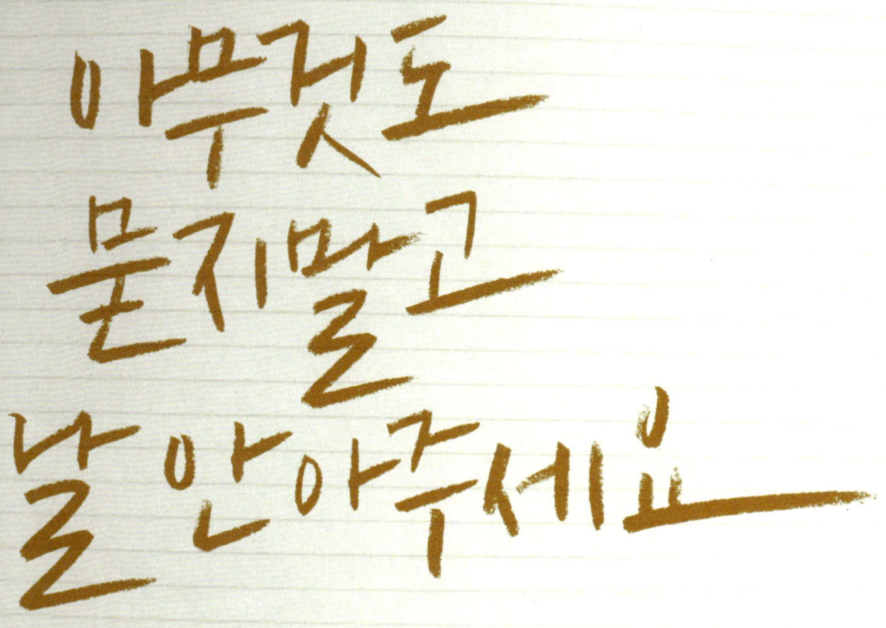

이정도 말하면 당신 알겠죠.

나 무슨 일 있어요. 나 어쩌면 다른 사람이 좋아지는지도 모르겠어요. 당신에게 말해야하나 말아야하나. 나 이러면 나쁜 사람. 난 나쁜 사람하기 싫은데... 하지만 당신도 내게는 너무나 좋은사람. 한번에 두사람 사랑하면 안되요? 나 정말 잘 모르겠어요.

부드럽게 천천히 그리고 따뜻하게... 안아주세요.

그리고 아무말도 말고...그냥 계세요.

아내가 결혼했다라는 영화를 보고 머릿속이 복잡해졌다.

나로서는 도저히 이해가 안되는 이야기. 머릿속에 두사람을 집어넣기도 힘든일인데.

가슴에 두사람을 집어넣는 다는 이야기는 상상속에서나 가능할 법한 이야기. 아니 그것도 힘든 이야기.

하지만. 여자는 이해하고 남자는 이해 못한다는 이야기.

아닐거야. 아닐거야. 여자는 이해한다는 건 거짓말일거야.

두근두근
가슴이 뛴다
하아,, 설렌다

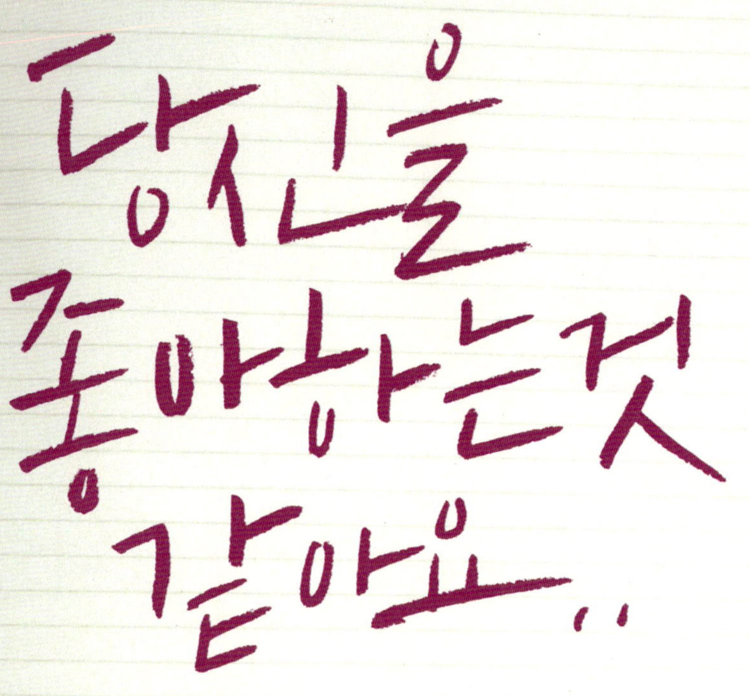

좋아한다고 말한다.
언제부턴가. 난 그렇게 생각한다. 감정에 솔직해지자.
좋아한다 생각이 들었을때 느낌 감정을 가감없이 얘기해주자.
하루에 백번이라도 당신이 좋다느낄때 좋다 말하자.
사랑한다 느낄때 사랑한다 말하자.
감정. 어쩌면 단 한번만 올지 모르는 감정을 숨기다 그 순간을 잃어버리는
것만큼 슬픈일은 없을것같다.
그래서 고백한다.
나 당신을 아주 많이 좋아하는것같다.
라고 말 한다.
그리고 그 감정은 내 입에서 나온뒤 더 명료해졌다.

달달한
초코케익처럼
너무 매력적이라
정신이 혼미해요

달콤달콤 좋아.. 하...
사랑에 빠져버린건가...

정말.
애는 애구나. 그리고 너도 똑같은 사람이구나.
특별하게 생각했던 내가 병신이지.
특별함은 바라보는 사람이 만든 허상이란 걸 절실히 알아버리고.
다버리고 홀홀 털고 그냥 안보는 것이 나을것같아.
잘 살아라. 니 하고싶은 대로 잘하고. 누굴 만나든 상처받지말고.
상처받았다고 울면 그 땐 아주 각오해라.
버림받은자의 분노를 보여줄테니.

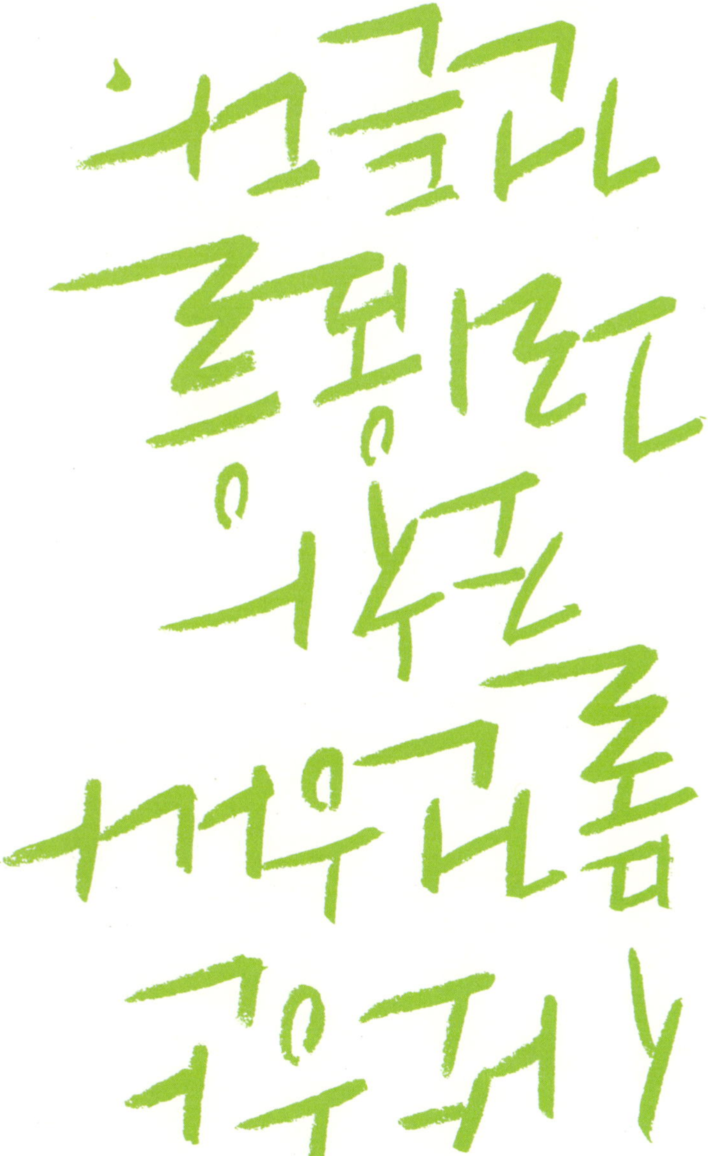

사소한
물건하나
조차
그리움을
건든다.

끄덕였어
끄덕여
끄덕였었어

이 미친 "심장은" 쿵쿵쿵..
또 뛰기시작하지..
미쳤어정말

문자를 보내고 후회를 해요
답장이 안옵니다.. 전화이안와요
차라리. 문자를 못봤기···
나. 당신을 좋아해요
이말이 부담스러웠나요..

환상의콤비,, 마치,,
다이나믹 듀오, 서수남 하청일
당신과 나, 우리둘이
한번잘 어울려
볼까?

큰긴 어딘 있어
어린이 '바람 이미ㄴ
허어큰ㅅ 어ㄴㅣㄷㅇ

이,
개여운 사람

당신향기는
어느새, 너무 여러사람이
추억하는 향기가
되어버렸어..

만병통치약,
호랑이기름 —— 아픈곳에
　　　　　　바르면 직빵,
시큰시큰 아픈 내 가슴
살살 펴바르면
나아질까요..

또 떠시울다
그저, 사진 속에, 웃고있는
우리가, 그렇게, 행복해보여.
그리워울다.
폴라로이드사진은 버리기
어렵다…

답답한 속을 달래려,
약을 먹는다..
요즘들어. 목구멍부터, 찌릿하게,
뜨겁고, 먹지도 않았는데,
답답해.. 너,, 이럴래?

Tide
to go
Instant Stain Remover

얼룩을 감쪽같이
없애준다는 요녀석,
편리하기도 하지..
요녀석으로 얼룩진
내가슴도 샤샥..
지워진다면
정말좋겠다..

중간부터 꾹꾹 눌러
쓰면 안될건 없지만
나중을 위해. 끝부터
차근차근 쓰는게 좋다
처음부터 그런생각을
가지고 시작하는게..
누군가를 만날때도
필요하다.

확 타오르는
성냥불처럼
내 사랑은 한순간
뜨겁고 밝게 타다
서글프게 꺼졌다
빨리 타는 불이 두려웠던
당신의 생각처럼
그대로, 우린 꺼졌다

니가없다는게
쓸쓸해.
온세상이 행복하게
반짝거리던
그날 이별은
연말이 되면, 반짝반짝
니 생각을 하게해..

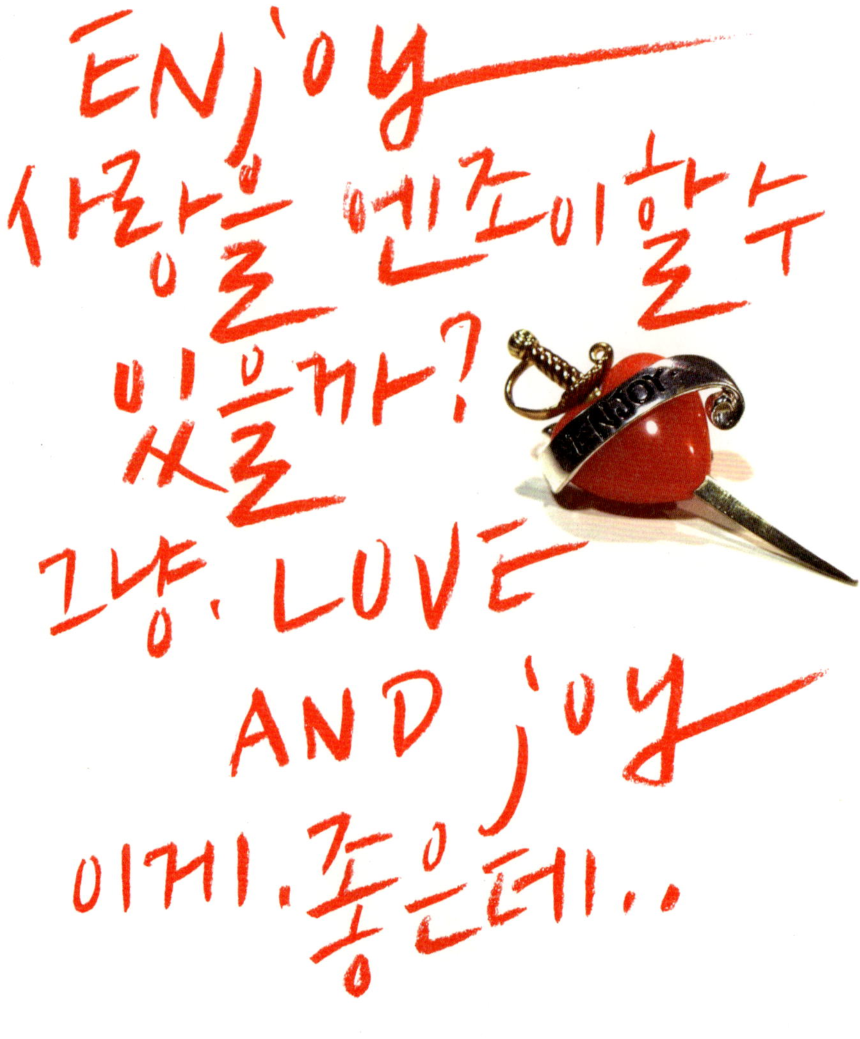

ENJOY
사랑을 엔조이할수
있을까?
그냥. LOVE
AND JOY
이게. 좋은데..

당신을 주인공으로
그림을 그리는건
바보짓인걸
알았다. 그저 서로가
그린그림을 함께
봐주면 그만이었다.
주인공은 늘 부담스럽다
이제야, 알겠다

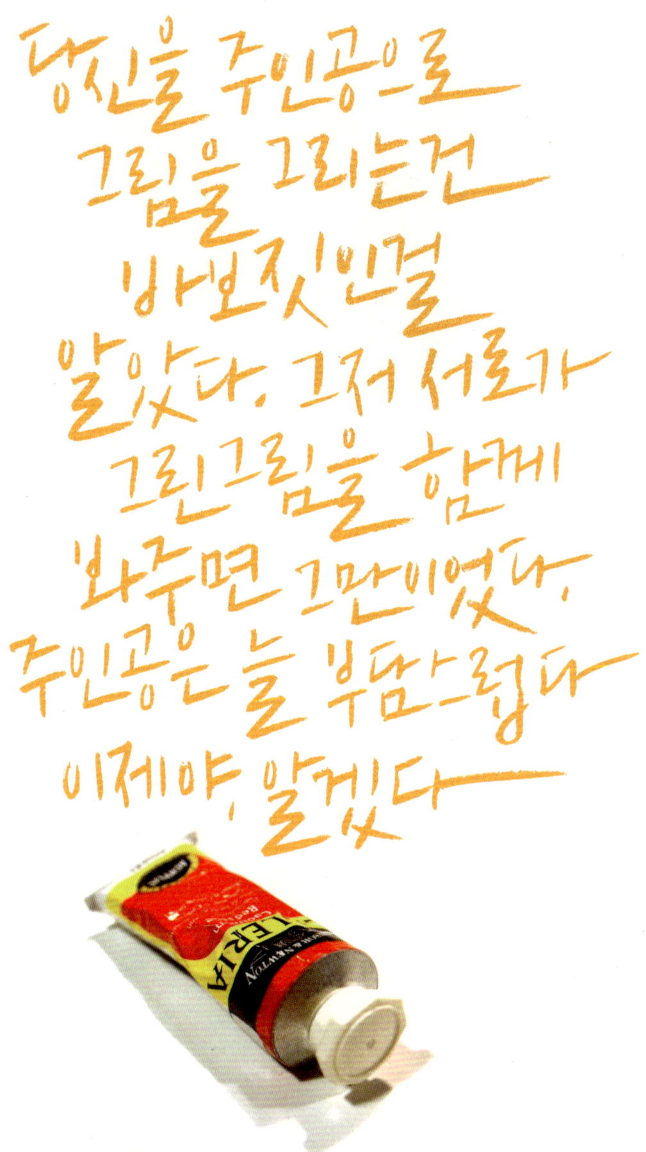

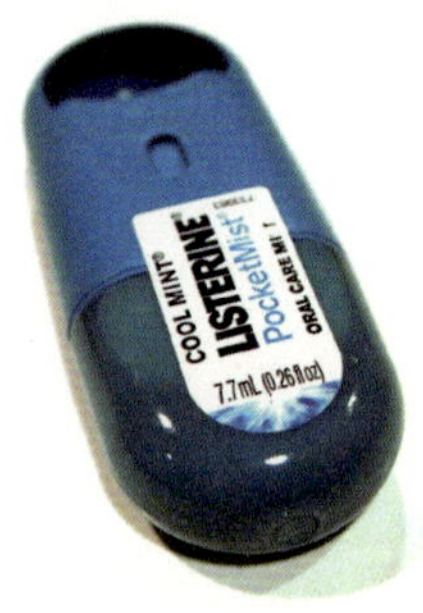

KISS하기전
촉촉! 뿌려주면
인위적인 KISS
맛이난다.

내가,
수퍼히어로 처럼
지켜준다
약속했었지,   이세상에
수퍼
히어로가
너무나
많은지도
모르고
말아

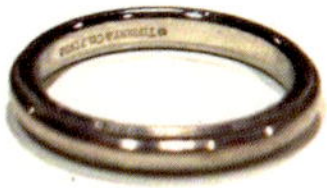

필름카메라를
좋아하는 이유는 내가
사진을 못지우니까
나중에 생각하니..
그게, 나에게 모두
남을거란걸 몰랐으니.
그렇게 필사적으로
찍었지.. 다. 남았네.

먼저, 칼로, 껍질을
벗기고,
스크루를 콜크에 콕 박아
뱅뱅 돌린다.
병 입구에 손잡이를 걸고
반대편을 들어올려..
자, 한번 더.. 뽕!
어때, 쉽지?

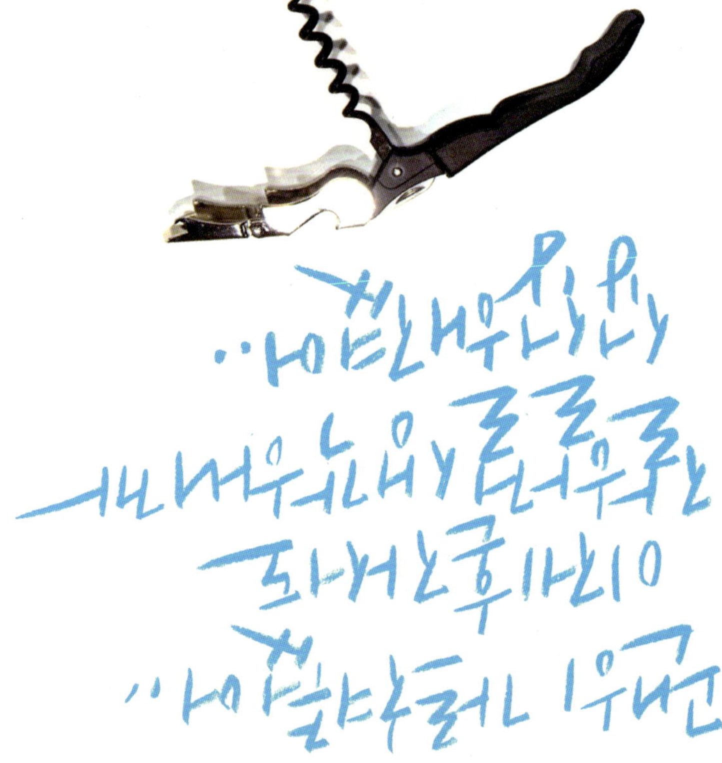

어머님들로자꾸내우
고버워워러사
구위러반군저눌
달라우러
근어머크

네가 담겨있는
이책을 쓰고
난 너와 또한번
이별을 했다.

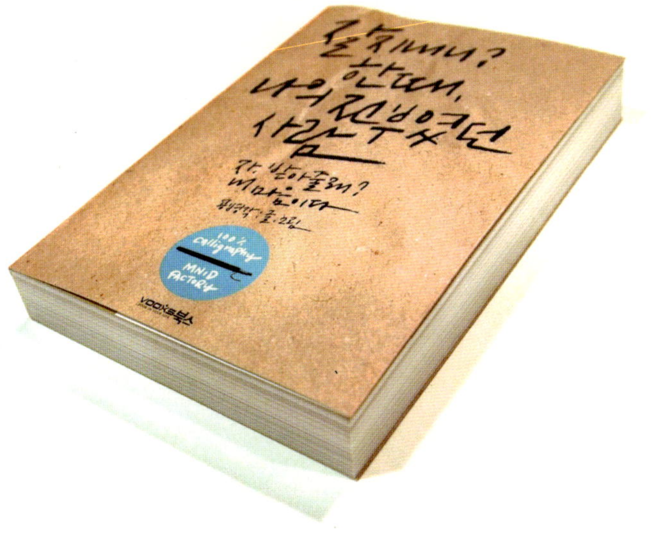

불 좀 꺼주세요
당신이 기름붓고, 불질러서
활활타는 이 가슴
떠난뒤엔 꺼주셔야지요

앤디워홀, 당신도
사랑하는 그녀를 위해
입에 맞지않는 음식을
맛있는 척 먹었나요?
나두요..

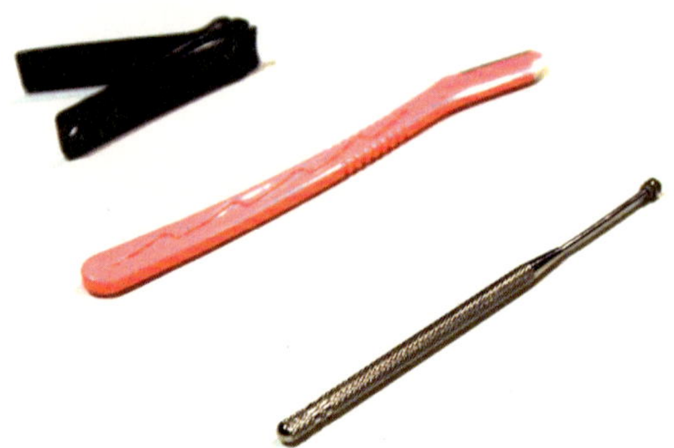
어랏?
못보던 녀석인데?
넌 누구니?

답답한 일이 있을땐
요녀석을 코에 놓고 숨을...
쿡.. 쉬..쉰다..
아따.. 죽겠
다, 너때문이다..쿡..

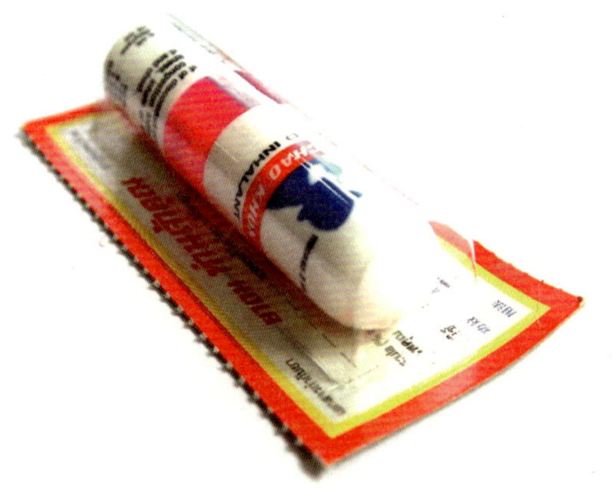

이를 닦다가쿡! 하고
잇몸을 찌른다. 잠시.. STOP..
눈물이난다.. 이빨닦는것도
내맘처럼
안되는거냐! 씨양..

나란히 누워, 음악을 틀고
피자한판을 시켜먹고
만화책을 쌓아놓고
야, 빨리보란말야!
입가에 미소생기는 기억..

내가
좋아하는
서태웅이 강백호에게
지기를 기도했었다..

바람피는
사람의 그럴싸한
변명,

우리정말
잘어울리는 한쌍이죠?
한잔해요, 우리!

짜장이나, 짬뽕이나처럼
내마음도, 모아니면도처럼
단순했으면 좋겠어.
당신을 만나면서. 내마음은
너무 메뉴가 복잡해졌어..

우리 새우깡처럼
40년동안
한결 같아볼래?

한달에한번
당신을 위해, 내가좀
챙피한것쯤은
별것도아닌일,
내가사다줄께..

맘이
아퍼?
나도, 아프구나..

부드럽게
좀더, 천천히
날 안아주세요

상처받은
당신의 가슴
내가 깨끗하게
닦아줄게요

뚝하고 부러진
우리사이.
강력본드로 찜칵하고
붙이고 싶다오

어허둥둥
내 사랑,
역시. 나에겐
너뿐!

I
LOVE
YOU'RE
ALL

울지말아요 그대여...

멀쩡히
잘 살꺼면서
울긴왜내울어?

당신이 울고있는 모습을 볼수가 없어 고개를 돌리지만. 나도 울고있다.
머릿속은 멍해지고. 위로의 한마디. 무슨한마디라도 하고싶지만.
입이 달라붙어 아무말도 할수없고. 그저 멍하니 차창밖을 응시하는 나에게도 화가난다.
무심한 하늘에서 눈물처럼 비가 내리고 흐른다.
와이퍼는 가끔 그 눈물을 닦아주지만. 당신의 눈물은 조용히 흐르고 마른다.
닦아줄수도 없다. 이내 시간이 흘러 당신이 떠날 시간이고, 우린 조용한 이별을 맞이한다.
미안하단 말한마디도 남기지 못한 아무리 생각해도 너무 쓸쓸한 그런 이별을 한다. 잘가. 잘 지내. 행복해. 건강해. 그 어떤 말도 없는 니가 떠난 빈자리에 한두방울 아직 채 마르지못한 눈물 자욱이 남아있다.

울지말아요. 그대여.
닦을 수도 없는 그런 눈물은 이제 흘리지 않기로 하자.

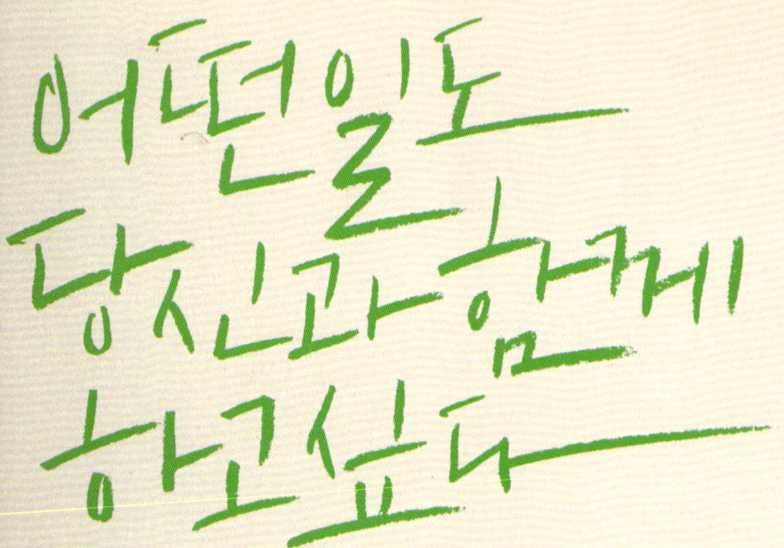

나는 늘 당신과 함께 하고싶다.
모든걸 나누고싶다.
문득 생각이 든다.
당신과 나눈 나의 것들을...나누고싶지않다.
우린 그동안 너무 아끼지 않았나.
그대로 다주고 다 함께 느끼고싶다.

이런 답답아

상상을 합니다. 답답한 순간.

오늘은 그냥 답답하게 지냈습니다.
하루종일 그냥 마음이 답답했습니다.
답답하다 답답하다 생각하니 오만게 다 답답하게 느껴집니다.
날씨도 산소 빠진것처럼 답답하고.
이런 날씨에 누구만날 사람도 없는 나 자신이 답답하고.
점심먹은게 체했는지 속도 답답하고.
내일은 또 똑같은 내일이겠지라고 생각하니 그저 답답하기만합니다.
카드는 연체되어 받기싫은 전화가 빗발치고. 어제는 집에 전구가 나갔습니다. 집에 들어갈
때 전구를 사가지고 간다는게 자꾸 까먹어서. 밤에 집에 들어가면 암흑... 아 답답합니다.
내 인생이 마치 불꺼진 내 작은 방같아 답답하기만 합니다...

답답한 상상을 하다보니... 나... 이런적이 있었던것같애...
그러고보니... 당신과 헤어지고.
그 때 내 마음이 그랬습니다.

김치부침개 그리고, 얼음동동 막걸리..

언제나 말이 없던 그 사람...

심수봉의 노래.

김치부침개와 막걸리...

누구나 한번쯤 생각하는 이 비와 어울리는 아이템.

그리고 그 순간을 함께했던 사람,

말은 하지않지만.

김치부침개와 얼음동동 막걸리와 그리고 그때 그 사람.

김치부침개를 먹기좋게 잘라주던 그때 그 사람.

맛있는 음식을 볼 때면 종종 당신을 생각하곤 합니다.

왜 하필이면 당신이 그리 생각이 나는지 모르겠습니다. 우린 이미 아무사이도 아닌데. 아침에 일어나 창밖에 비가 내리면 그 때 우리 같이 해먹던 김치부침개가 어쩜 그리 생각나는지. 슬리퍼를 신고 비를 찰팍찰팍 밟으면서 나란히 우산을 쓰고 장보던 기억. 이런 기억은 도저히 잊혀지지 않는 건가봅니다. 당신이 내게 주신 그런 추억들 아주 고맙습니다. 하지만. 비가 많이 내리는 올해 장마엔 정말 미치겠네요.

나한테 ..
할말없어?
정말?

할말없어?
나한테 정말
할말 없냐구!

떠보구
지랄...

당신이
즐거워한다면
맹구, 오서방, 영구와
땡칠이가 될래요

싸이의 노래.
연예인.
당신만의 연예인이 되어.
당신을 웃게 해줄께요.

난 당신을 위해 당신이 좋아하는 슬랩스틱개그의 달인이 되어볼래요.
띠 요옹~
당신을 위해 개그맨이 되어볼께요.

절대로
약해지면
안돼,
알지?

절대로 약해지면 안돼.
무슨일이든지 마음 먹었으면 그대로 달려가야돼.
알잖아. 인생은 한방이고.
인생은 2탄이 없기때문에 1탄에서 잘해야한단다.
그러니까 악의 무리들이 괴롭히고 방해한다고 하더라도.
절대로 약해지면 안돼.
미션임파서블처럼. 본아이덴티티처럼 어떤일이든
숭구리당당 숭당당... 까피까피늠름... 이루어져라. 얍.
그니까 약해지면 안돼. 알았지?

별 걱정을 다하셩..

별걱정을 다하셩.
내가 어디간다구 그런 걱정을해.
난 언제나 이자리에 있을테니까 넌 어디든 다녀와.
내가 이자리를 딱 지키고 있을께.
가서 아이스크림도 사먹고 산책도 하고와.
난 항상 여기 있을께.

우리들의 이별은 언제나 식상하다

당신과 헤어지면서.
물론 당신을 앞으로 보기힘들다는 사실이 가장 슬펐지만.
그동안 함께 만났던 사람들을 잃어버릴지 모른다는.
그 생각이 참 안타깝더라.
게다가 니 친구들은 나를 미워할것이고.
내 친구들은 널 미워할테니.
이게 뭐니.

또.
정말 안타까운건.
실제로 그 사람들은.
우리들의 상황에 아무 관심이 없다는거야.

이게 뭐니. 정말.

나를극도로좋
아하는것에는
'내운이
내려앉언

누나,
연하는
별로에요?
장난하냐?
왔건
고맙지..

그런건 묻는게 아니다.
그냥누나 마음은 다 열려있으니까.
쏙 들어오기만 하면돼...
참고로 오빠도 마찬가지야...

그 사람이 잘해주니?

잠깐 내가 미쳤었나봐.
소중함은 소중함을 모르고. 행복함을 행복으로 모르고. 있을때 잘할걸.
없어진 후에 후회만 남길걸... 잘 알면서 왜 그래. 잠깐 내가 미쳤나봐.
미친세상에 제정신으로 사는게 더 미친것 같아서 그랬나봐.
나 왜 이런걸 물어보니...구차하게... 휴...
나 아직도 미쳐보이지...어쩌냐..

발칙한 상상.

당신이
생각하는
가장 발칙한
상상은 무엇입니까?

설마...강동원입니까?

처음과
끝의 공통적인
감정은 두근두근이다

당신을 처음 만났을 때의 감정은 심장이 터질듯한 두근두근이었다.
무언가의 설레임과 가슴이 간질거리는 그런.
당신과의 끝.
다시 한번 가슴이 두근거린다.
아직도 살아있는 내 심장이 원망스러울만큼.
두근두근...
들키기 싫은 이 감정이.
정말 싫은 이 순간이.
주책같이 두근거린다.

신경 치료

썩었군요. 치료해야겠어요.

더 지나면 뽑아야할테니.. 지금 치료하는게 좋습니다.

사랑. 그리고 잘못된 사랑.
신경이 다친 그사랑.

더 다치기 전에 더 썩기전에...

치료해야한다.

그렇지않으면...

뽑아내야하고... 없어질테니까...

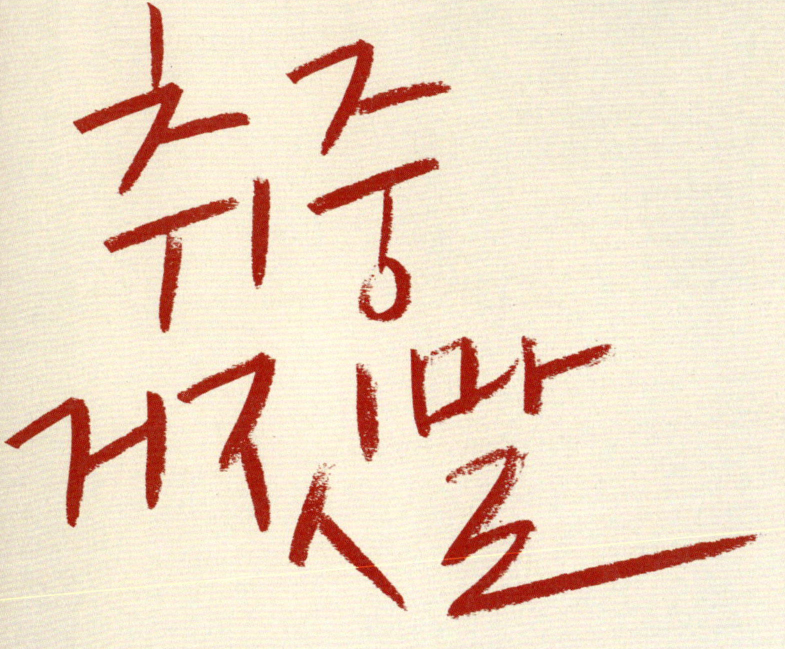

취중진담의 살짝 오그라드는 사랑고백이 있다면.
분명. 취중 거짓말도 존재한다.
좋아하지도 않으면서. 한번 어떻게 해보겠다는 심산.
요거 요거 조심해야지.
아따 달콤해라 홀랑 넘어가면.
난 몰라.
그래 난 취했는지도 몰라.
실수인지도 몰라.
낼 아침이면 까마득히 기억이 안나.
다 문제다.

잘해낼 수 있을꺼야
우린 널 믿어!
그러니까
힘내!

왜 사냐고 묻거든 웃자.
힘든데 왜 사냐고 물으면 그냥 웃자.
인생의 피로를 느끼지 않고 사는 사람이 있을까?
나도 힘들고 너도 힘들고 우리 다 힘들지만.
너 보라고 나보라고 다들 지켜보라고 보란듯이 웃으면서 살아보자.
그럼 곧 좋은날이 올꺼야.
힘내!

난 아직 많았는데..
당신에게 줄 사랑..
그런데, 흘
떠나가도
남은 사랑은 어쩌라고

저금해둬야지. 머.
이자 불려서 다른 사람만났을때 이자까지 다 쳐서 사랑해줘야지.
요건 몰랐을꺼다.

그녀는
모르죠

내가 얼마나
당신을 사랑하는지. 벅찬지.
꿈꾸는지. 얼마나. 오랫동안
기다렸는지. 당신은
모르실꺼야

좀더 멀리보라

좀 더 멀리보라. 길위에 얼룩개도, 길 끝이라고 보이는 저 굴뚝에 연기나는 따뜻한 집도.
더 멀리보면 저 끝이라고 보이던 그림들 밖에 더 깊은 숲속에 오솔길따라 멀리 멀리 들어가 보면 괴물들이 사는 나라 나뭇가지 부셔만든 뭉치집과 모래성 깊고깊은 옹달샘이 있단말이다. 그 속까지 바라보고 비로소 주위를 둘러보라. 바다를 건너서 산을 타고 벼랑을 지나서 계곡물에 물고기와 봄날의 곰이 풀밭을 구르고 구르는 그곳의 모습을 보지도 못하고 지금의 따뜻한 굽이길 끝 오막살이에 내가 살비비고 누워 잠잘 곳을 바라보고 있다면 큰일이다. 더 깊이 멀리보아야할 곳이 있는지...지금 현재의 나의 모습에 안주하는 순간. 끝이다.
정말끝.

살짝
베이기만 해도
이롷게 아픈데..
당신은 얼마나
아팠을까?

오직
후회만이
허락되는 순간

별수없다고
말하지말았음
해요

별수없다는 말은.
짜장면 비비다가 엎었을때나 하는 말이야.

내 가슴은
당신을 담기엔
벅찬 256 메가
저용량 메모리.

기무라 타쿠야가 나오는 미스터브레인이란 드라마를 보면.
사람의 뇌는 참 대단해서.
지난 기억을 차곡차곡 쌓아놓는데.
아무리 오래되도 소중한 기억에 대해서는 얄짤 없단다.
슬쩍 들려온 목소리에 내 몸이 반응하는건.
아직 내가 기억하고있구나.
목소리까지도 아직 생생하구나.
가끔은 머리를 포맷해버리고.
다시 깔고 싶은 생각이 든다.

디지털카메라처럼
쉽게지울수없는
아날로그
내삶이잖아..

적당히
이쯤에서
잊혀지리라

시간이
지난뒤에
알게되다

그랬구나..
그랬었구나..
당신 그때..
그런마음이었구나..

끝까지
이기적이다
당신은

혼자슬퍼해.
왜, 당신의 슬픈 이별 얘기가
내게 들리게해.
혼자괴롭고 혼자아프고, 혼자해.
나또, 밤 혼자 모른척할래.
혼자해, 정말

널 바라보는
이글거리는
내 눈을 봐, 조심해
된다..

당신은
즐겁지않다

내가
지겹나?
나도
지겹다 정말

꿈속에서 널 만나는 주문

한때는 너무 아쉬워 꿈속에서도 만나고 싶다더니.
이제는 우연이라도 마주치지 말자.

이별루키..

영어로는 루키.프레쉬맨.
이별한지 얼마나 되셨나요?
아하...이제 갓 이별하신 이별루키시구만요...
애들아 새내기받아라~

아직 한참 남으 셨군요...
좀 더 술마시고 좀더 괴로우셔야겠네요.
쯔쯔...

나
역시널
사랑해..

당신이
생각하는것보다
아주많이많이!
이제 매일매일
알려줘야겠다.

넌
입으로 먹고
난. 눈으로
먹는다,

보기만해도
배부르다.
정말이다.. 꿀꺽..

다시,
사랑따위 안할래.
돌아갈래..
사랑을 몰랐던
시절로..
제발..

따스했어요
햇살처럼
가끔 아직은 찬바람에
어깨를 움츠리지만
그래도, 좋았어요
좋았

졸려요
진짜
당신의 품은
봄처럼 따뜻해서
졸려요..정말

캄캄한 밤
조그만 불빛에도
반응하는 나방처럼
촉각을 곤두세우고 살자

나비처럼 우아하게는 아니더라도,
나방처럼 치열하게 미친듯 달려들어 살아야지...

감정에
휘쓸리면
절대,
안 돼.,

신중해야한다. 이번에는.
반드시. 가슴으로 알아봐야한다.

정면승부가
안되면
측면승부라도
해야한다

새로운 앨범을 낸 박명수에게 기자가 물었다.
지금 비와 이효리가 컴백을 했는데 정면 승부하시겠습니까?
아니요. 측면승부하겠습니다.
그렇다. 정면승부가 안되면 측면 승부라도 해야하는 것이다.
어떡해. 어떡해. 발만 동동 구를게 아니라. 정면이 안되면
과감히 측면을 노리면 되는 것이다.
그렇게 그사람의 마음을 공략하는 거다.

난 유재석보다
박명수가
좋다

말없이 돌아서다

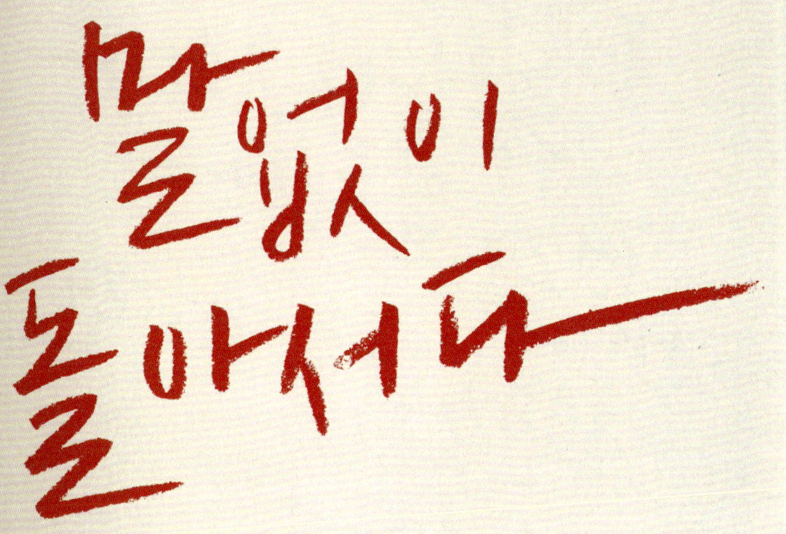

만일,
그사람 더 이상. 이라 말하거든.
그저 말없이 돌아서라.
묻지도 말고.
화 내지도 말고.
돌아서라.
그리고,
시간이 지난 후.
돌아보라.

난 그를 외롭게 하지않았던가에 대하여.

저멀리 파도소리가
들린다
저소리를
내가, 그토록 원하던
그런소리가
아닌가..

늘상 바쁘디 바쁜 삶 속에 저 푸른 바다와 파도소리 그 위를 날고 있는 자유로운 새 조나단
을 꿈꾼다. 사랑이라는 감정이 마른 내 땅에 물을 주지만…
늘 그 감정에 휩싸여 또 다른 고민에 빠지곤한다.
행복을 감사히 받기보다는 더 더 채찍질하며 그 속에서 괴로워하는 것을 보면 나도 참 간
사한 인간이구나를 느끼게 된다.
듣기만해도 좋은 것을 바라보려하고 바라보면 뛰어 들고싶어 하는 그런 사람이어서…
난 내가 안타깝다.

사랑은
절묘한 타이밍,
그래서. 우린
안된다. 타이밍을
놓쳤다..

다음엔 우리
좋은날·좋은타이밍에
서로원할때만나요
그래서. 안타깝지말고
행복한 사랑을 해요
그랬음. 정말
좋겠다..

이렇게 내 심장을 뛰게 하는 사람. 그 사람 아니면 안되요

난 그사람 아니면 안 될 것 같아요.
그래서 어쩔 수 없어요.
세상 물정 모르는 소리하네. 순간의 감정일 뿐이야.
그 사람말고도 괜찮은 사람은 너무나 많아. 바보야.
아니요. 내 마음이 감정이 이 사람이야라고 말하고 이렇게 심장뛰게
하는 그사람. 그사람 아니면 안되요.
나한테 지금 그사람 절실해.
지금 내 마음은 그사람을 향해 바람불고 깃발이 휘날린다.
여길보라고 내가 여기있다고.

LOVE
STORY
SHE'S
LOVEST

Ry

STAEDTLER
Wachsmalkreiden • Wax crayons

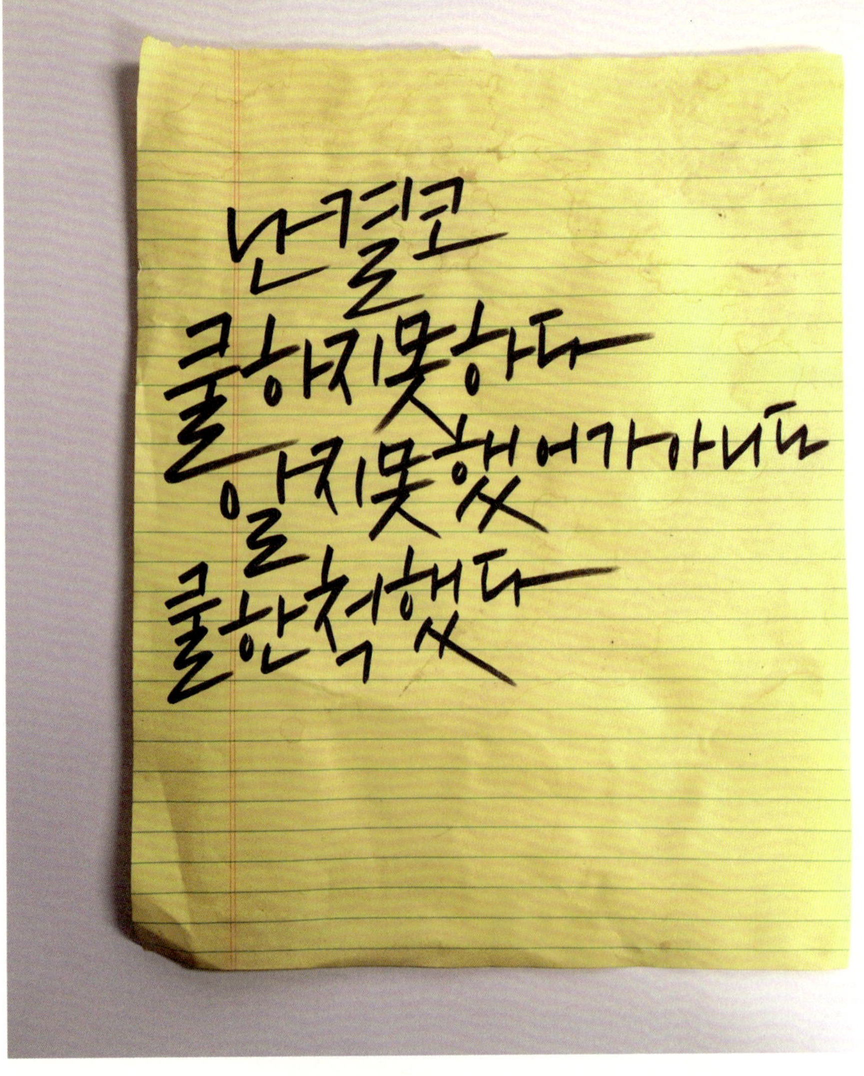

우리 이럴바에야. 쿨하게 살자. 말고.
우리 핫하게 살자.
쿨한척하지말고.
그 누구보다 뜨겁게 핫하게.
그리고 나중에 후회하지 말자.

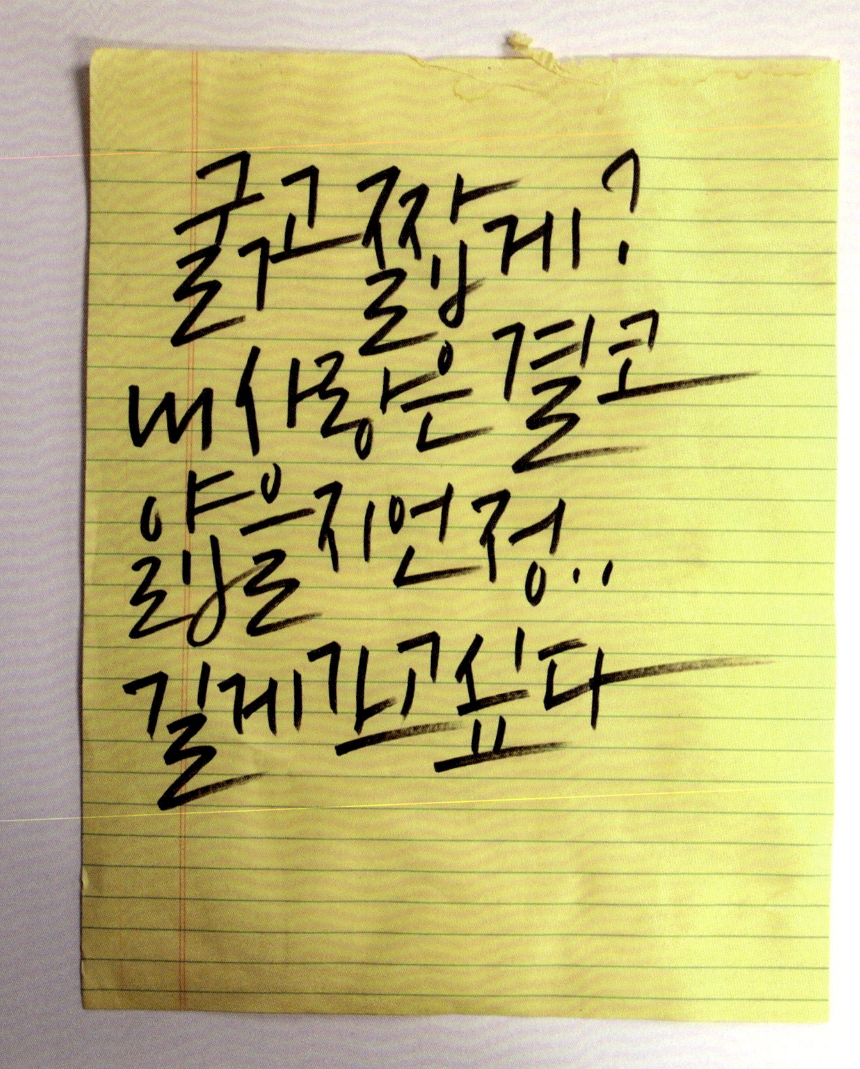

천천히 다가갈래요.
불같이 타오르는 일회용 사랑말고.
우리 그렇게 해요.
지금은 비록 우리 조급하지만.
조금만 천천히.
그리고 오래 오래 사랑해요.

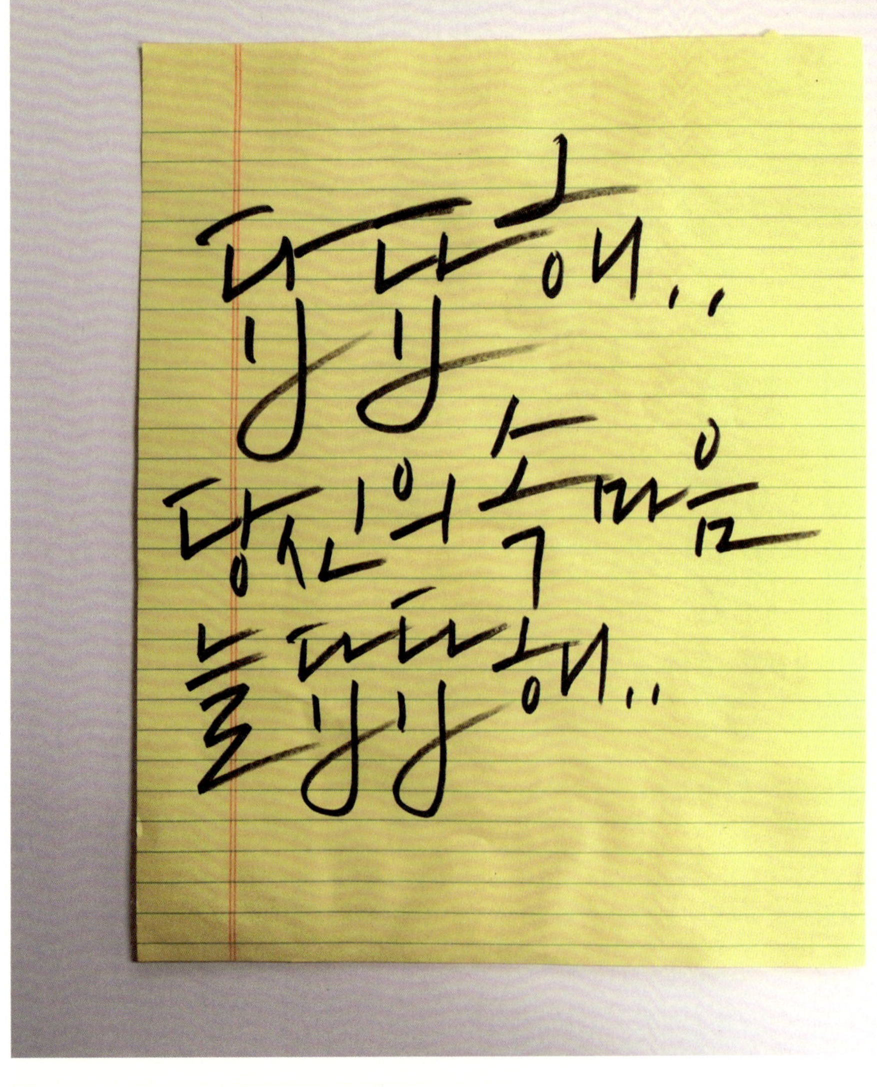

당신의 속마음을 알고싶다.

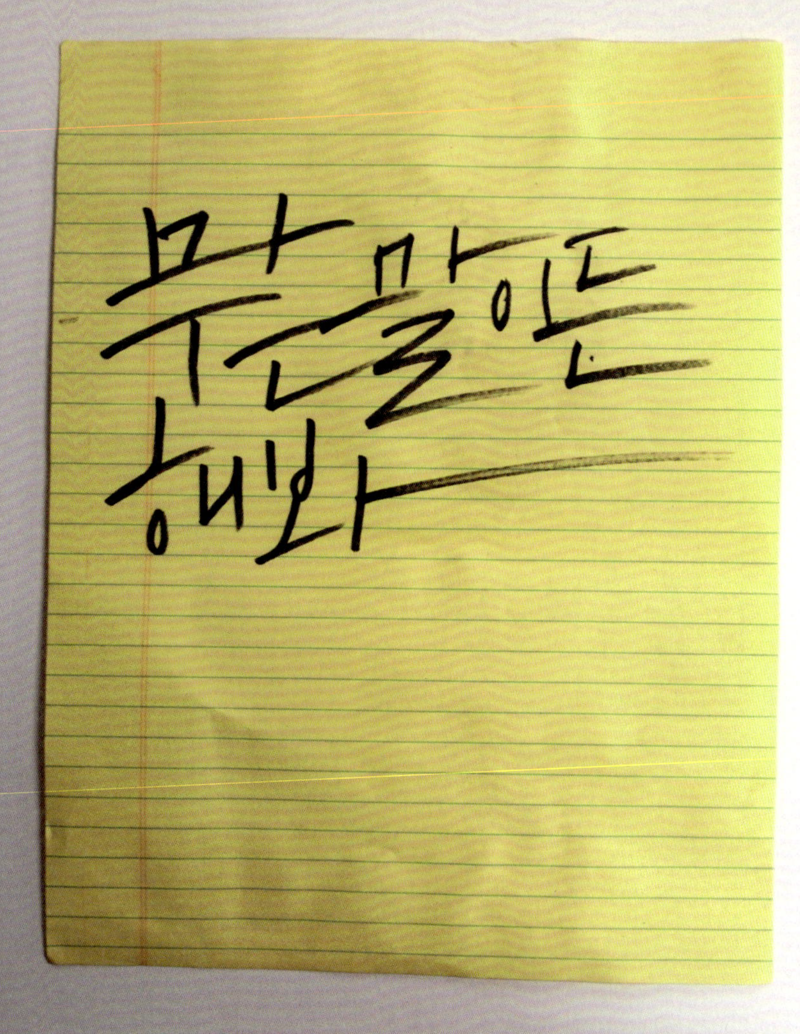

말을 하지 않고 다 알아주길 바라는 건.
바보다.
멍하니 딴 곳을 바라보고. 핸드폰을 만지작거리고.
한숨을 쉬는건.
나도 무슨말이 하고싶은지 알아.
하지만.
니가 말해주는게 좀 나아.

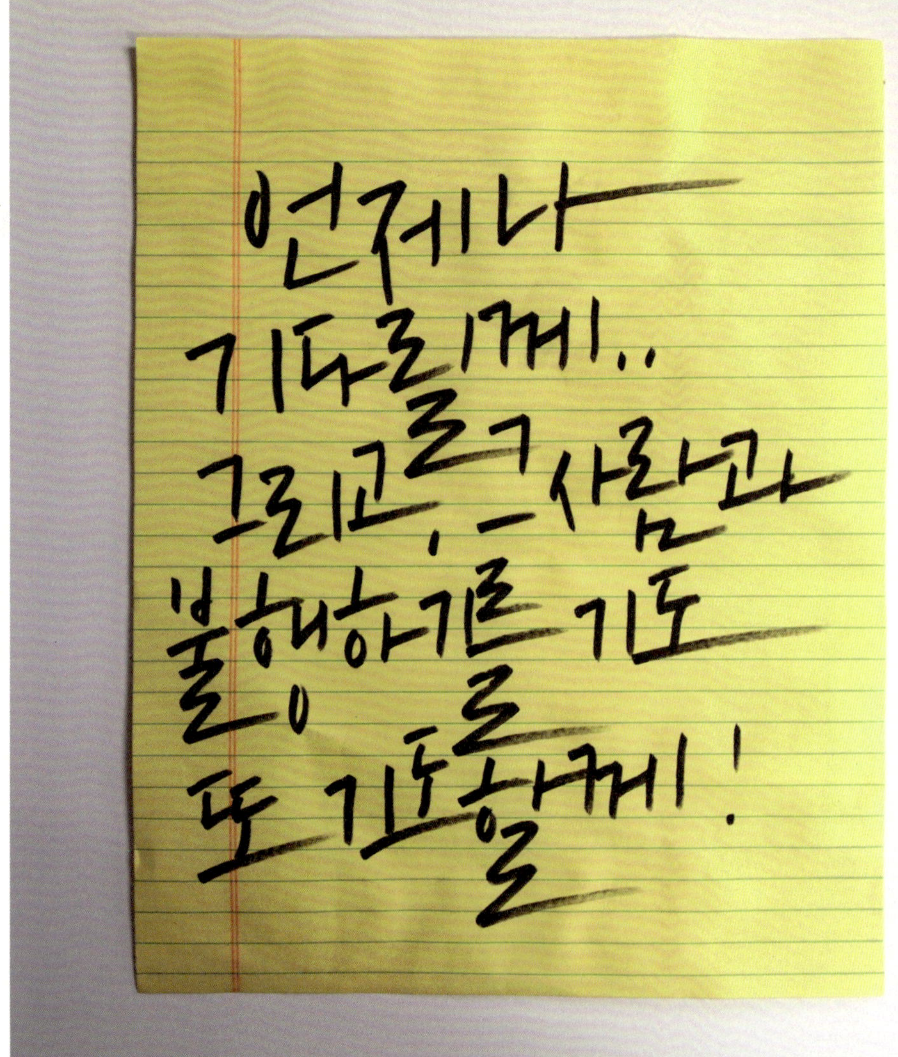

난 당신의 행복을 빌어줄 만큼 착한 사람이 아니다.
그저 당신이 어서 그 사람과 싸우고.
얼른 싫어져서. 꼴도 보기싫어지면.
그때 내가 슬쩍 빈 자리에 나타나.
얍삽하게 너의 빈자리를 채워.
그게 나의 작은 소망이다.
하지만 당신은 모르게 그렇게 할 예정이다.

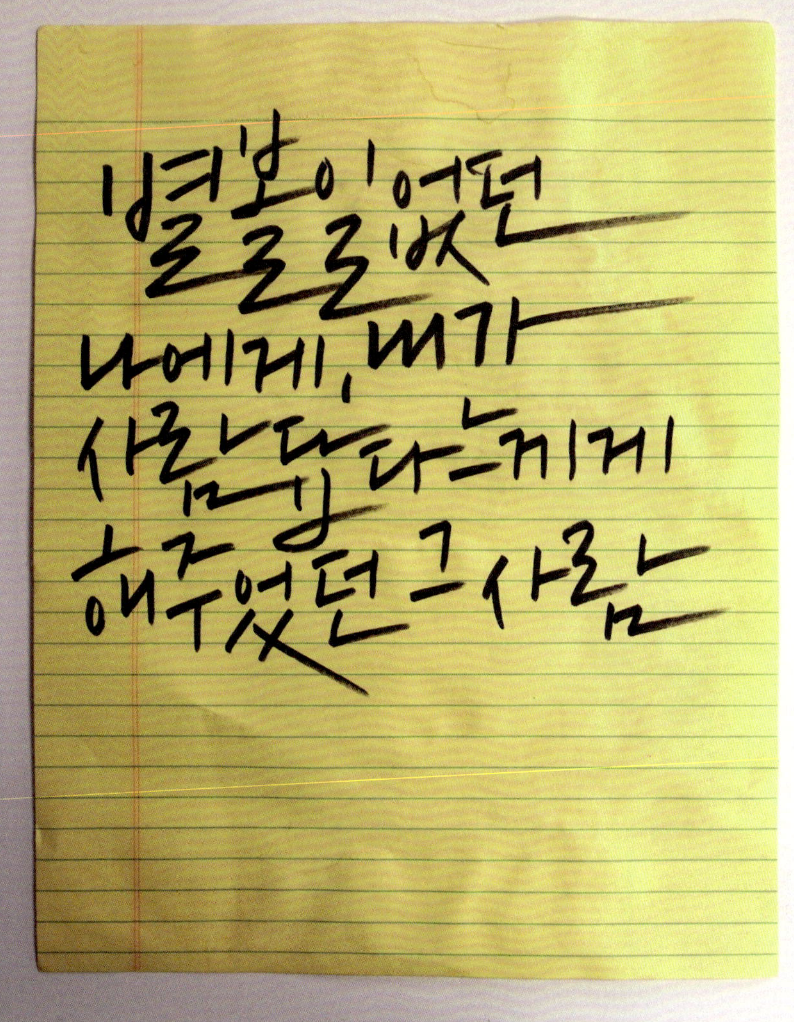

당신이란 사람.
참.
나에게 고마운 사람.

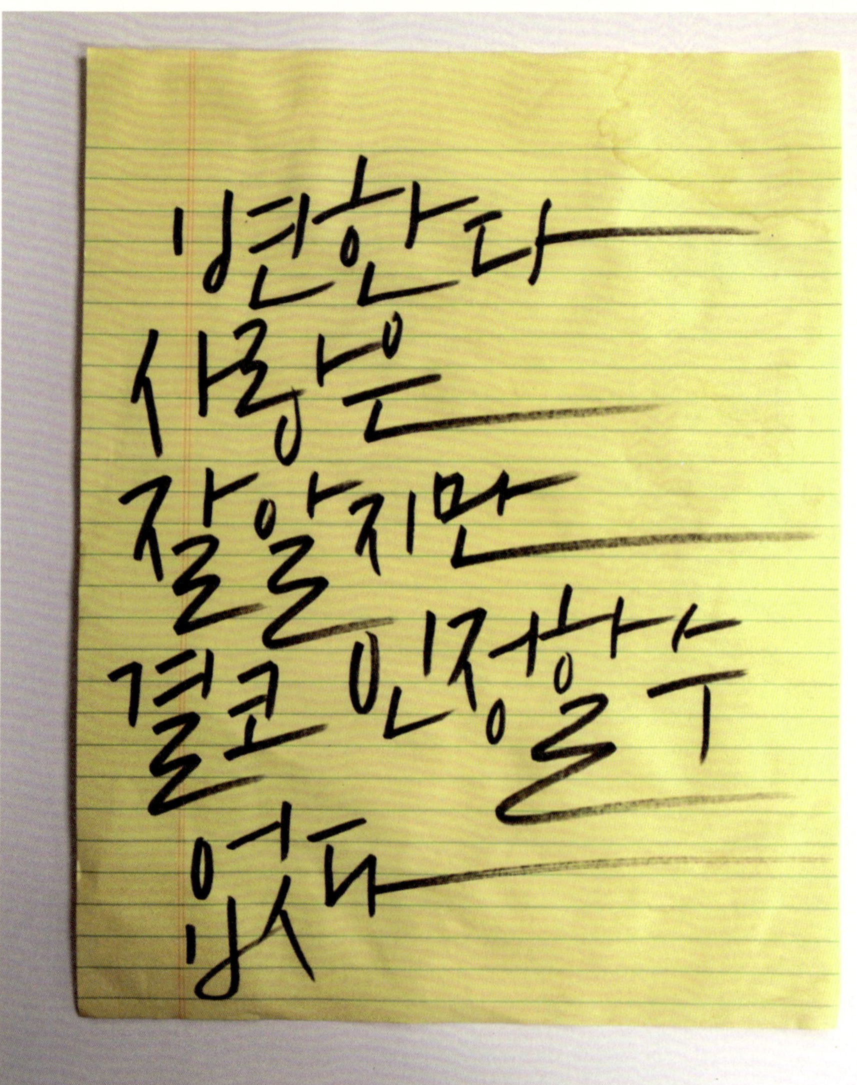

사랑은 변한다.
아니라고 믿고 싶지만. 변한다.
처음 만날때와 그 이후의 사랑이 한결 같을 수는 없다는것.
사실은 너무나 잘 알고있고. 그리고 나 또한 그렇지 않다.
하지만.
내 사랑에 있어서는.
결코 인정할 수 없는 이야기다.

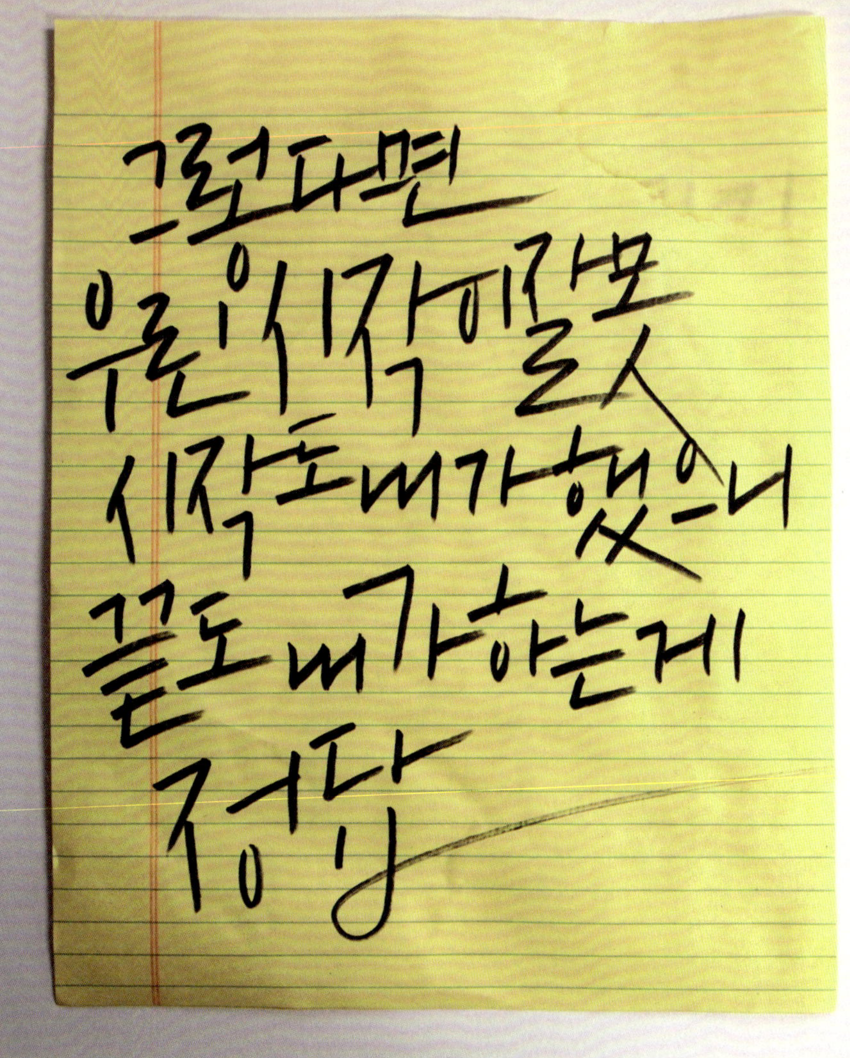

시작이 잘못됐다는 말은.
정말로 듣고 싶지 않은 말이다.
경솔한 만남은.
인생에 상처를 준다.
그래서 인스턴트식의 만남은.
안된다. 명심.

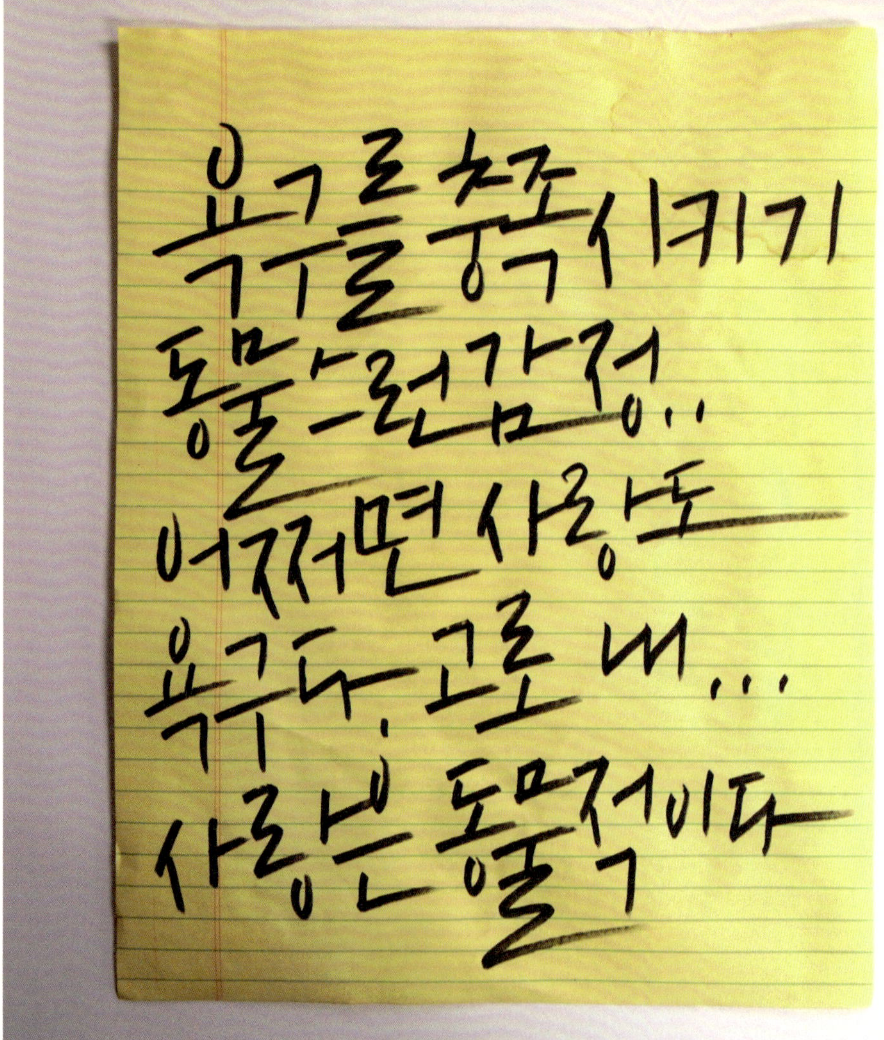

사랑하는 사람과 육체적인 사랑을 나누는 것은. 아주 지극히 아름다운 것이다. 하지만.

자신의 욕구를 충족 시키기 위해 사랑으로 포장하면. 그것은 짐승이다.

짐승을 만나지 않도록. 조심해야하는 세상이다.

요즘 유난히 뱀파이어와 짐승들이 버글거리는데. 참 걱정이다. 아배고파 어디 한번 걸려만

봐라 식의 컵라면 사랑이 너무나 대수롭지않아서. 무지 더러운 느낌이다.

그리고 행여나 그런 사람이 독한맘 먹고 나중에 잘 포장해서

걱정도 팔자인 내가 잘못 알아보고 그런 사람 만날까봐 밤잠을 설친다.

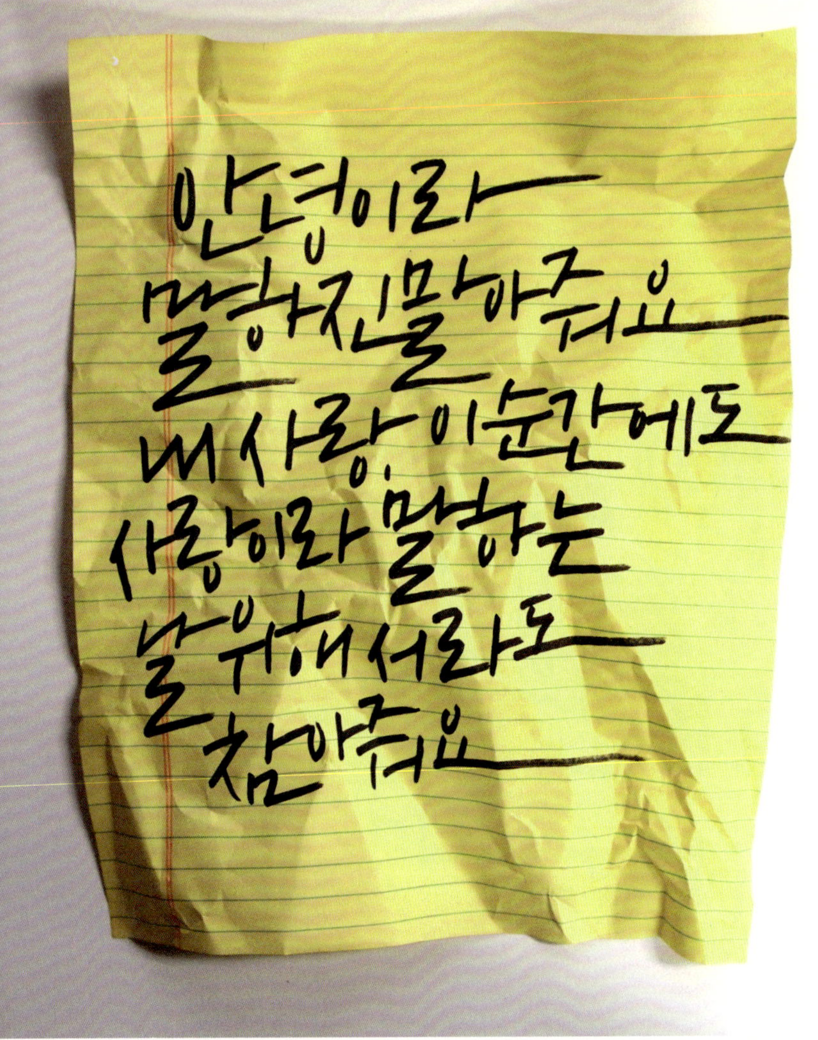

바보같은 사람. 하나. 순정파. 이 사람. 하는 짓 좀 보게.

이별하는 순간에도 지금 내가 하고 있는 것은 사랑이라며. 순간을 부정해. 그래봐야 너만 힘들다.

그 사람 걱정을 해. 너 나없이 어쩔려구 그래. 너 혼자서 아무것도 못하면서. 그 사람 애 아니다.

안녕이라 말할 때는 그 사람도 많은 생각을 했을거야. 그리고 혼자서 아무것도 못하는 사람은 아니네.

혼자서 이별을 준비한 사람이라면 그 사람 혼자서 그 어떤 것도 할 수 있겠네.

니가 걱정하지않아도 그 사람 보란듯이 잘 살고. 잘 봐라.

너보다 훨씬 빨리 더 좋은 사람만나서 보란듯이 돌아다닐거야. 이 바보같은 사람아.

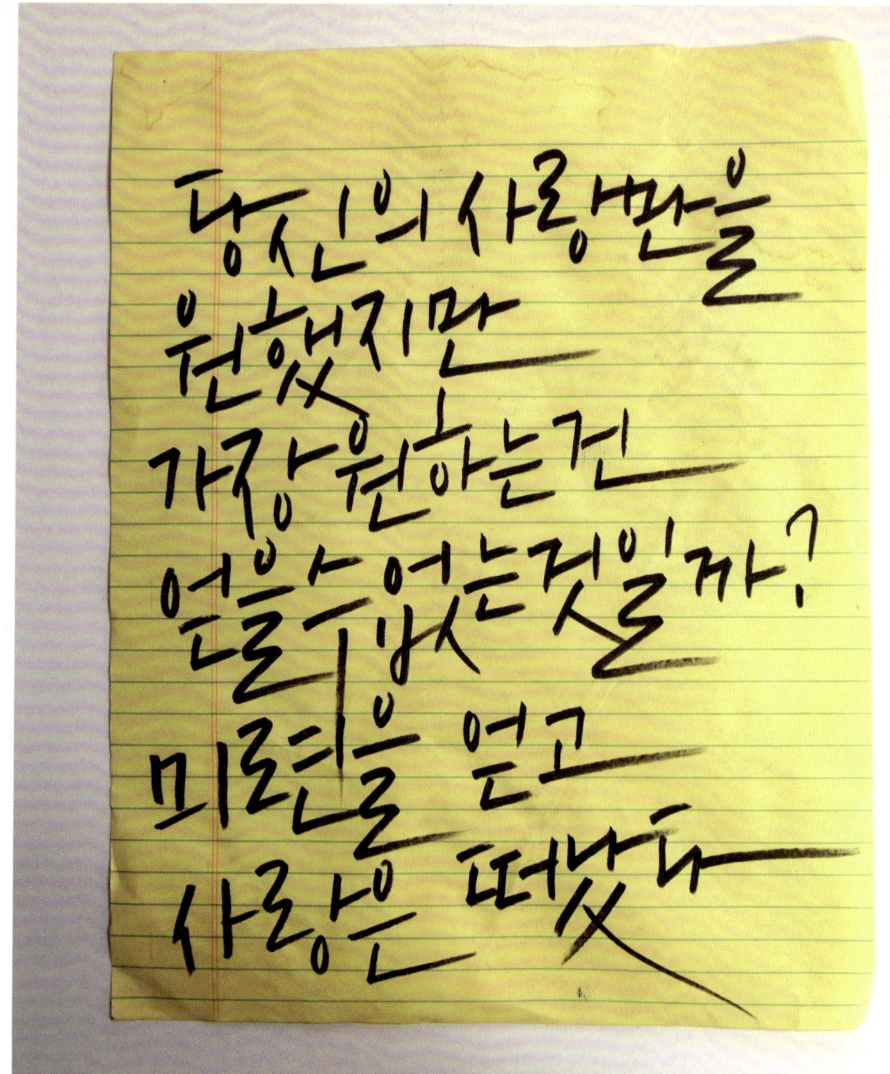

당진이 원했던 건 뭐였을까? 거봐. 서로 원하는 것을 모르니까 이렇게 되는거 아냐.

원하는 것을 말 했어야지. 난 딴거 다 필요 없으니까 사랑만 해주면 돼! 이러든지.

그런데 그런말은 잘 안하게 된단말이지. 그저 알아서 다해주길 바라니까. 끝에 후회 만 남고. 미련 만 남고.

서로 원하는 것도 모르면서 사랑 한답시고 깝쭉거리면 결국에는 또 똑같은 사랑아니고 만남이 있었구나…하

게 되는 거지. 스스로에게 이렇게 한번 물어봐바. 그동안 난 몇번의 사랑을 했었는지. 손으로 꼽아지니? 그럼

너에게 남은건 사랑이니 미련이니?

어쨌든 남은건 미련아니니?

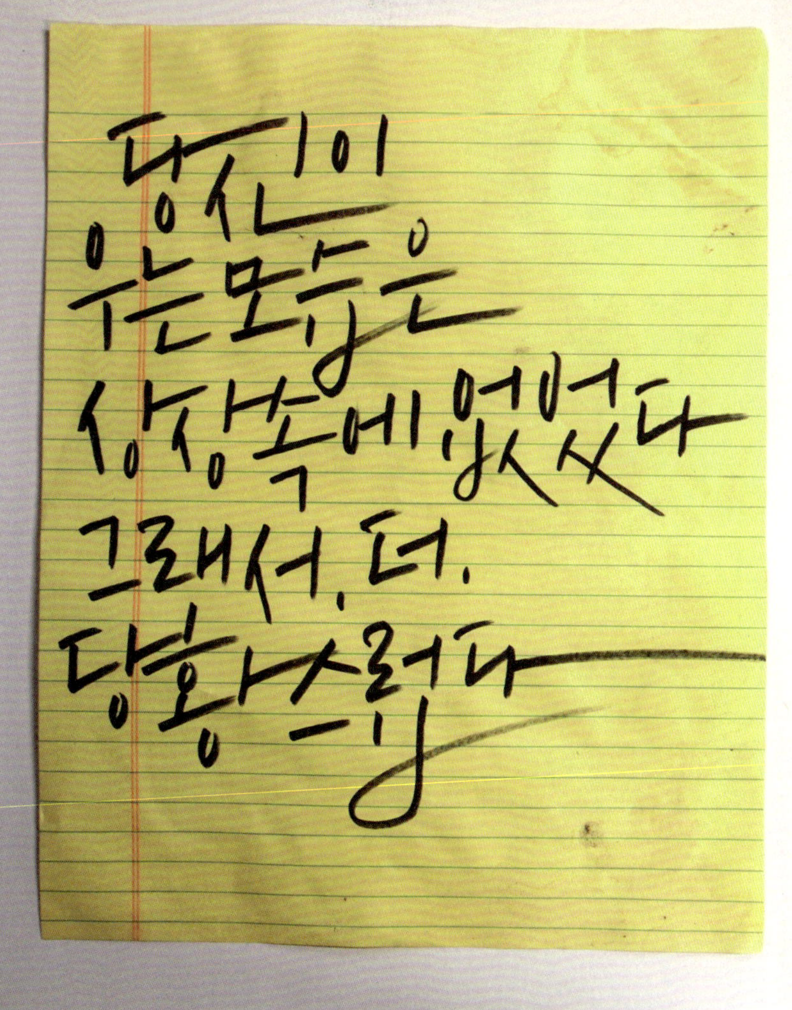

사실 당신과 이별을 하려고 마음 먹었을때.

당신은 정말 아무렇지 않을거라고 생각했었어. 참 나도 못됐지. 그저 내가 헤어지자 말하면.

평소에 너무나 쿨하던 니가 그래 알았어. 잘지내. 한마디 툭 던지며 각자의 길을 갈거라 생각했거든.

그런데 너가 아무말 못하고 눈물만 떨구며 한참만에 고마웠다 말하는 건 의외였어.

난 너를 만나면서 한번도 니가 날 좋아하고 있다고 생각하지 못했거든. 그래서 헤어짐이 쉬울줄 알았어.

왠지 우는 너를 보니까 생각이 많아졌는데. 그때야 비로소 내가 바보였구나 느꼈지.

하지만 어쩌니. 이미 오래 전 부터 이별을 준비해 왔는걸... 이기적이지만 난 비교적 괜찮아. 미안.

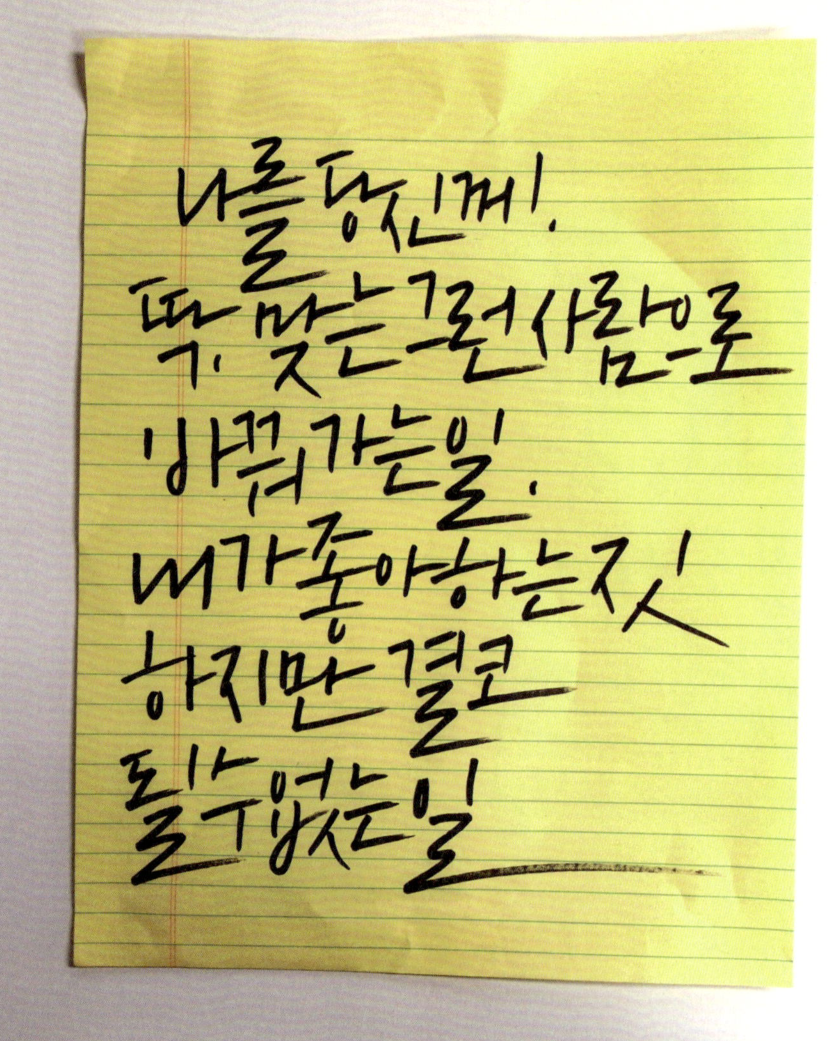

사람이 변한다는 것은 정말 있을 수 없는 일 같아. 아니 좀 힘든 일이라고 말해야하나?

처음에는 정말 이 사람을 위해서 내가 정말 다 맞추고 변하려고 노력 많이 하거든? 그런데 점

점 사람은 지치는 것같아. 결국 원래의 모습으로 돌아가는 거야. 이게 문제거든. 처음부터 내

모습 그대로 사랑했더라면 그 사람이 너에게 이런 얘기는 하지 않았을거야. 변했어.

변한게 변한게 아닌데 말이지. 사실은 첨에 변하고 시작한거잖아. 그게 문제라니까.

그니까 다음에 정말 이 사람이다 싶거든. 맞추지 말고. 처음부터 너 그대로 해.

그리고 그런 모습이 싫고 변하라 말하면. 조건을 걸어. 나중에 변했다 말하기 없기.

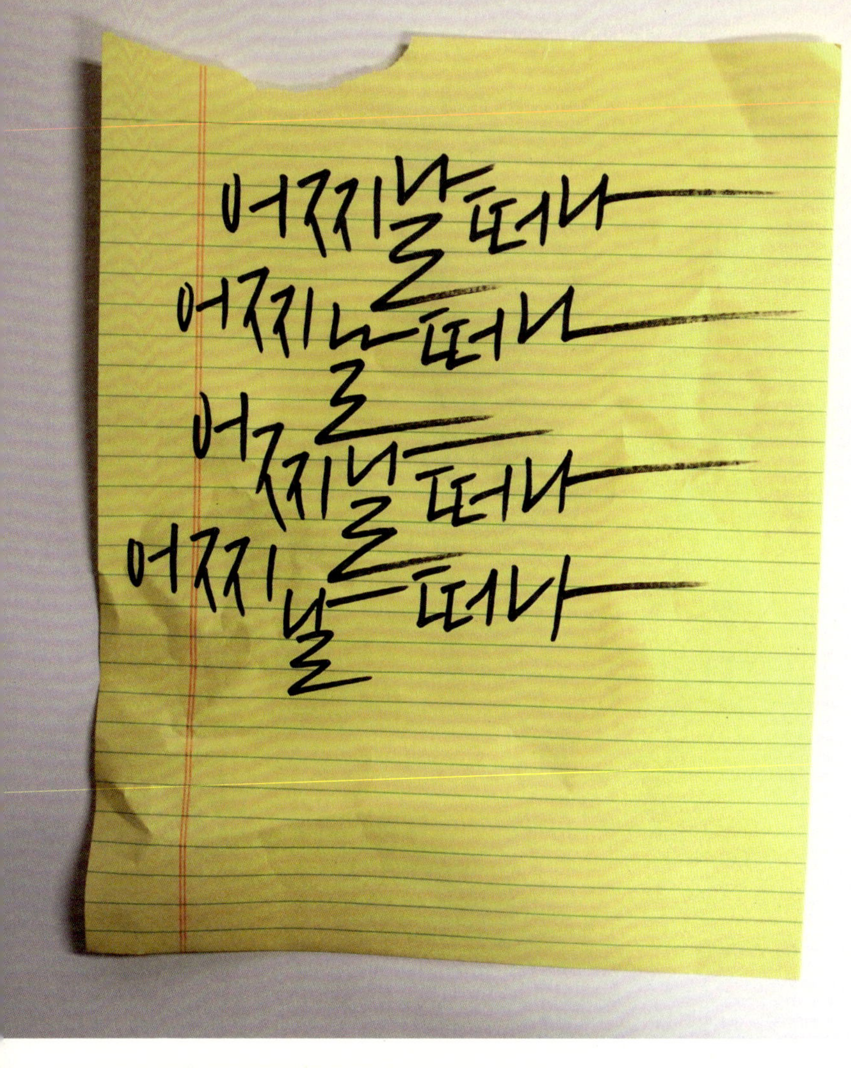

어떻게.

어떻게.

어떻게.

어떻게.

어떻게.

어떻게.

니가날떠나...

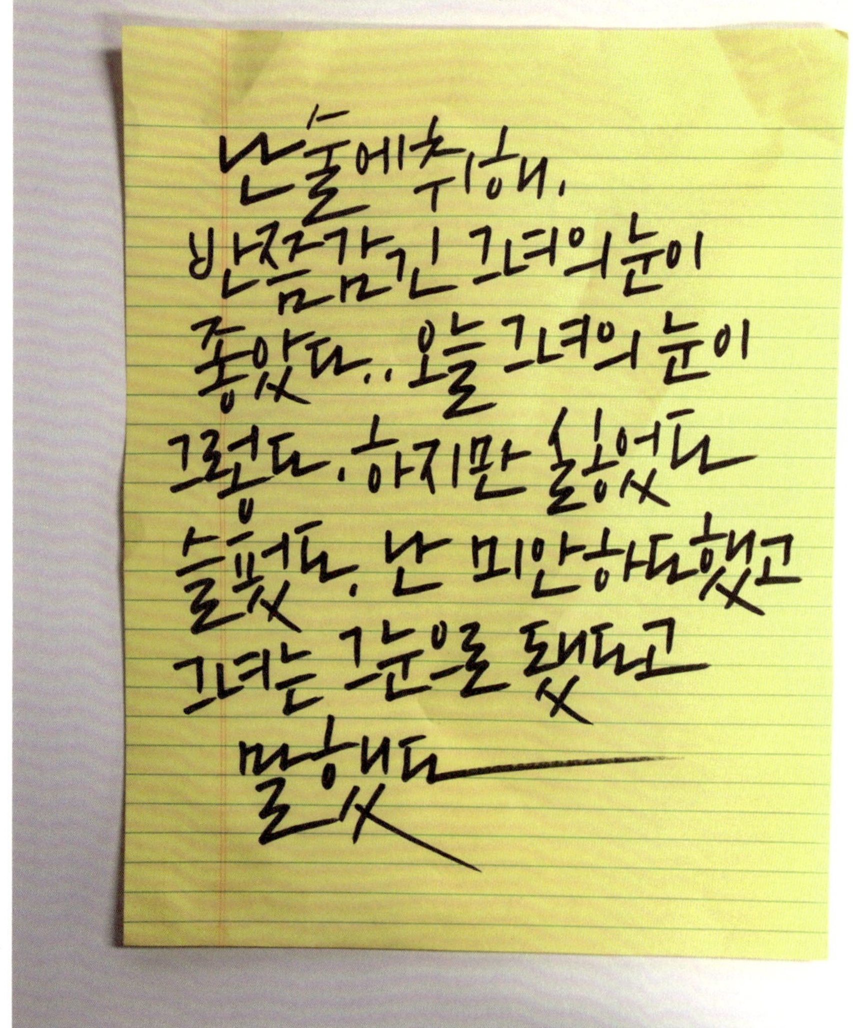

있을때 잘할걸...

이런 후회는 한번쯤 다 해보지 않나?

그사람과 한번 다시 잘 해 볼려고. 맛있는 밥도 먹고. 차도 마시고. 술도 한잔하고.

이제는 좀 풀렸나보다...하고 안도하고. 오늘따라 좀 이뻐보이네? 이러면서

슬쩍 웃으면서 미안해~ 내가 잘할께. 응?응?

하지만 사람 마음이란 게 있잖아. 그렇더라. 같이 밥 먹는다고 차 마시고 술도 마셨다고.

떠난 마음이 돌아오는게 아닌가봐. 고건 몰랐네.

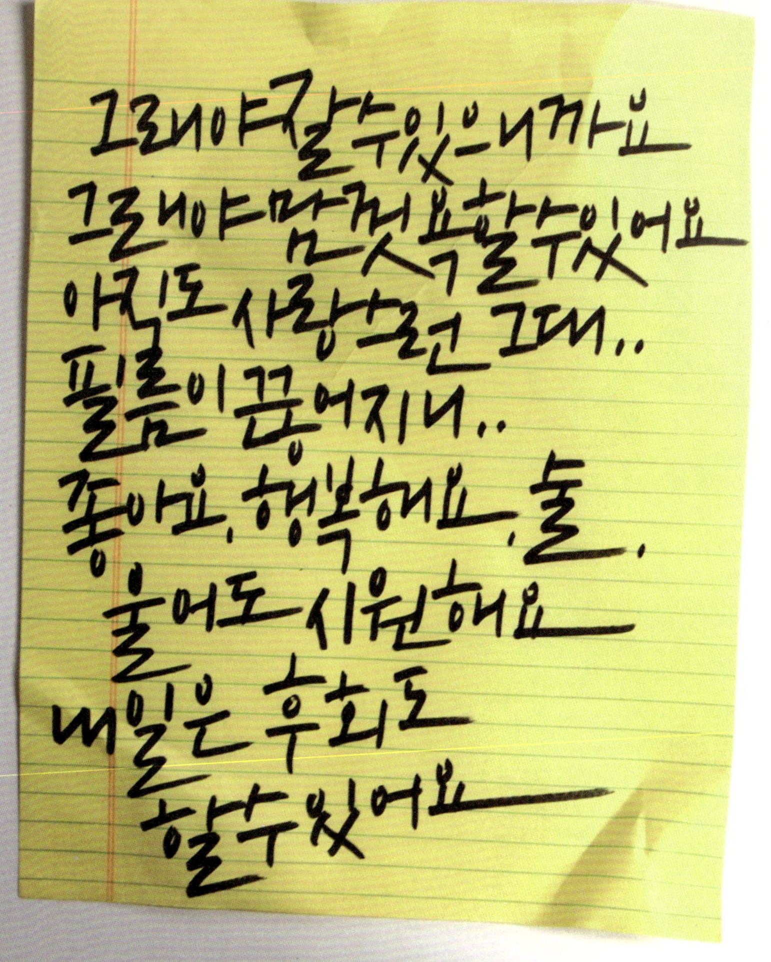

미친사람 마냥 술을 퍼 부었네. 얼큰하게 취해서 집에 들어오니. 아주 서럽기가 짝이없네.

컴퓨터를 켜니까 아직 정리 못한 니 사진이 아따 나좀 보소. 손짓을 하네.

아주 얄밉게 사진들 자알 나왔다. 니가 이렇게 이뻤었나? 답답하기 짝이없어서 집에 굴러다니는 와인을

병째 꼴깍 꼴깍 마신다. 이제 드디어 동공이 풀려나보다. 너 얼굴이 아주 희미하게 보이네.

욕을 한다. 이런... XXX 니가 나 같은 사람 또 만날 수 있을것같나? 배가 쳐 불러서...씨...

병신같이 눈물이 나고 지랄이다. 거울을 보니 어라우는 모습이 좀 느낌있네. 취했다.. 취했어..

별별 생각을 다 한다. 보고싶다.. 씨.. 새벽 1시..반..자려나? 아 전화번호가 머드라? ....이러면 또 망한거지머..

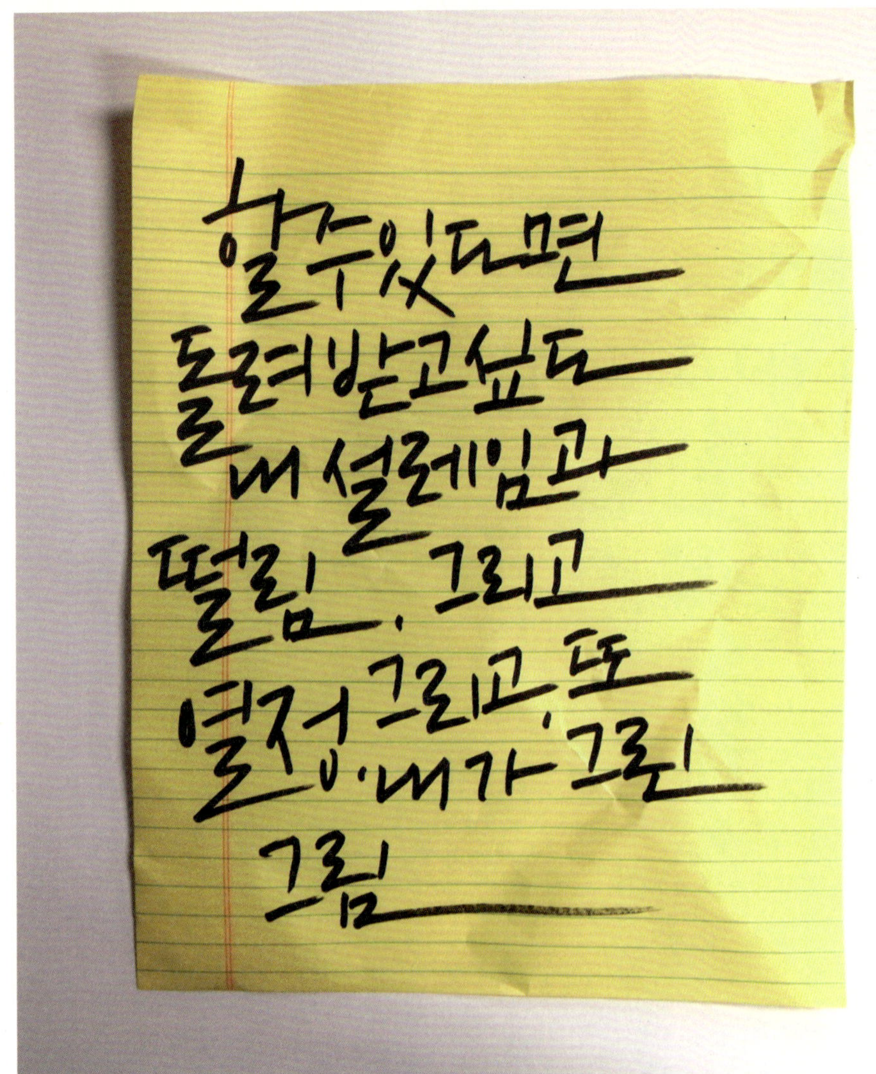

저 푸른 초원 위에 그림같은 집을 짓고 사랑하는 너와 한평생 살고 싶다던 나의 꿈은
과감히 니가 깨버렸다. 우리가 한 조각 한 조각 맞춰 가던 그림 퍼즐이 어느 정도 윤곽을
보이고 있을 때쯤 너는 나보다 좀 더 큰 그림을 그리고 있는 사람에게 마음을 줬다.
그래서 내 그림은 그 자리에 멈췄고. 난 그 그림 위에 아주 하얀 덧칠을 하기 시작했다.
내가 그린 밑그림 위에 니가 다른 사람과 그림을 그리고 있다고 생각하니 견딜 수가 없어서.
다 돌려받고싶다고 생각했다. 모조리. 가방. 반지. 목걸어. 이런거 말고.
니가 뭉개버린 내 추억. 설레임. 열정. 이런것들... 다 내놔.

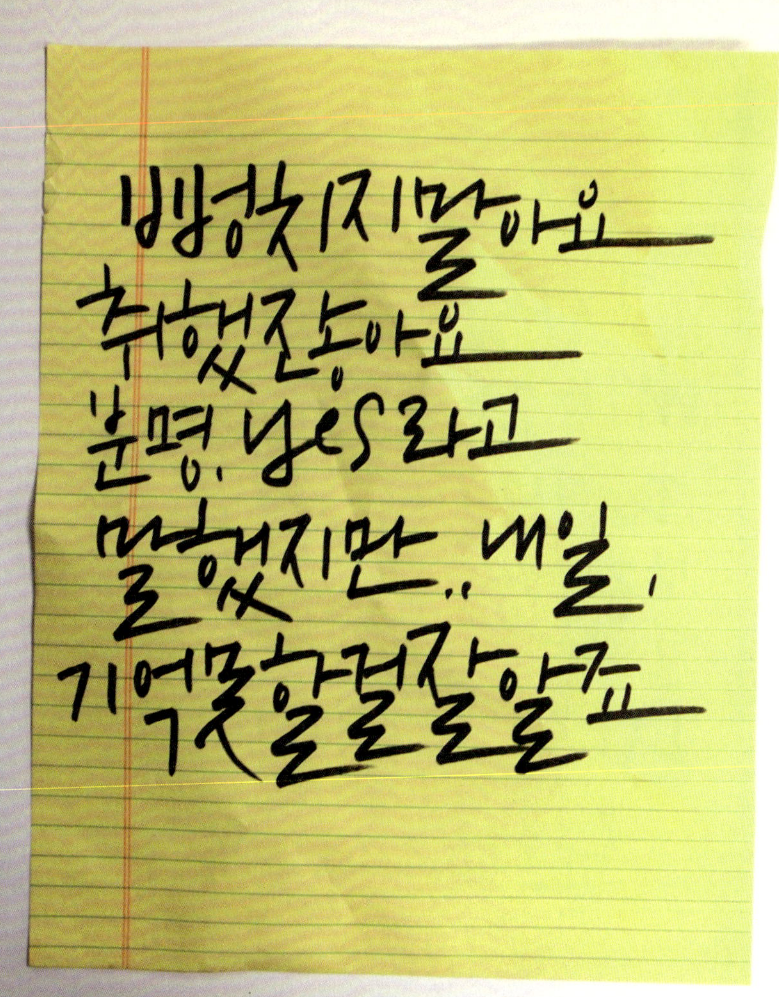

나는 술먹고 하는 짓은 다 용서하자 주의의 사람중에 하나인데.

술먹고 하지 말아야 할 것 중에 하나는 고백이다.

술을 마시면 용기가 생기고 용기가 생기고 용기만 생긴다.

그래서 안 된다. 게다가 둘 다 마시고 취했다면.

당신의 인생에 가장 로맨틱한 순간 하나가 취해버린거니까.

그리고 아침에 눈 떠서 아...젠장... 이런 상황은 선택이다.

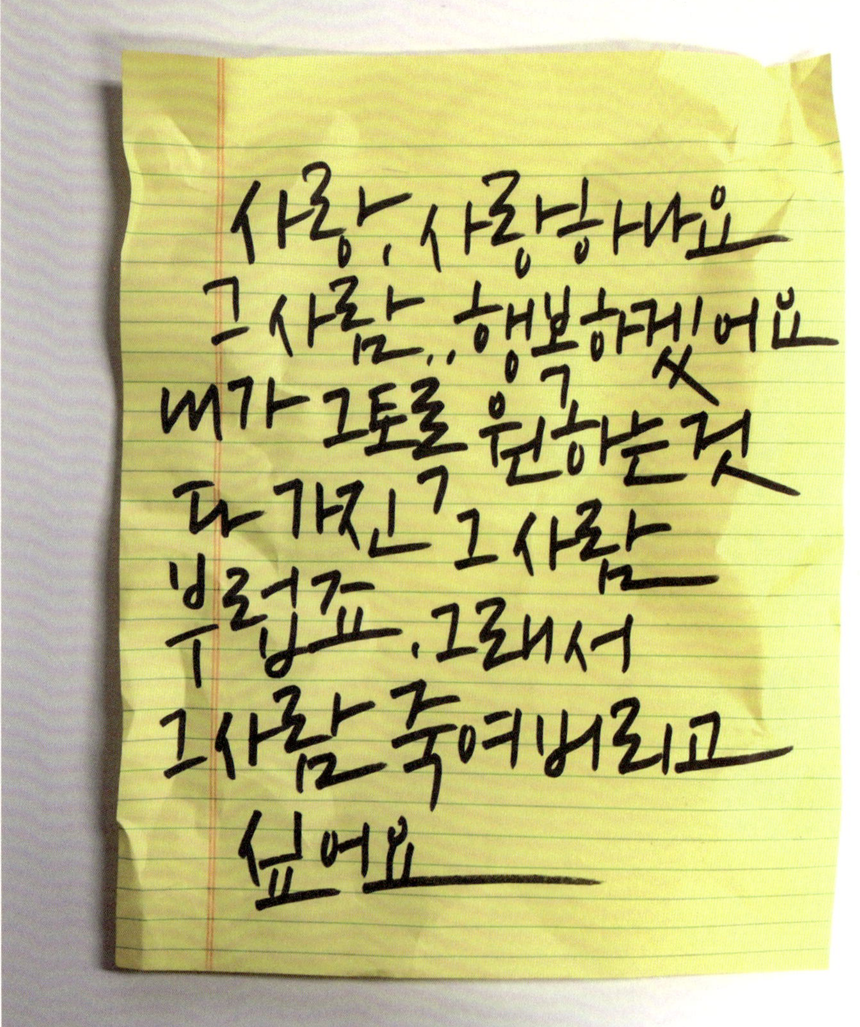

사람이 격해지는 건 어쩔 수 없는 거다. 사랑하는 사람이 생기면 눈에 콩깍지가 씐다고 하던

데. 더 무서운건 사랑이 맘처럼 안 된 사람의 눈깔 뒤집어진 상황이다. 내가 봤을때 저 사람은

나보다 나을게 없는데 저 사람은 되고 나는 안 되고 라고 착각은 기본이거니와.

사람의 본성은 원래 악해서 남 잘되는 꼴을 볼수가 없는 것이다.

만약 내 남자 친구가 불현듯 허리가 쑤신다는 등 어디가 급하게 아프다 그러면.

한번쯤 의심해봐. 당신이 지금 앤 내 정말 친구다라고 생각하는 이성친구가 인형에 바늘을

꽂고 있는것이 확실하다. 확실하다니까...

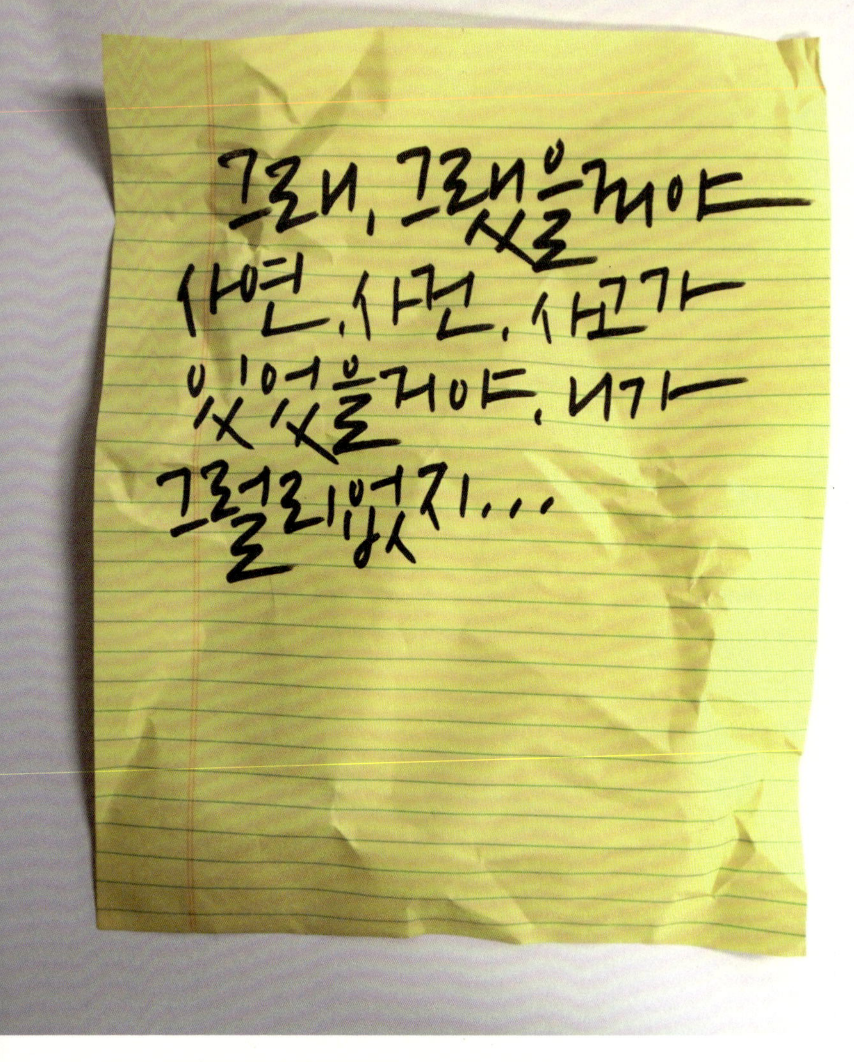

난 죽어도 내 남친을 믿어. 라고 생각하는 사람은 그리 흔치는 않을거야...

하루 종일 연락 한통없고.

한밤중에 전화기가 꺼져있고.

다음날 오후쯤에야 어제 몸이 안좋아서 일찍 잤어. 미안.

이런다면...

아마 너 죽고 나 살자.

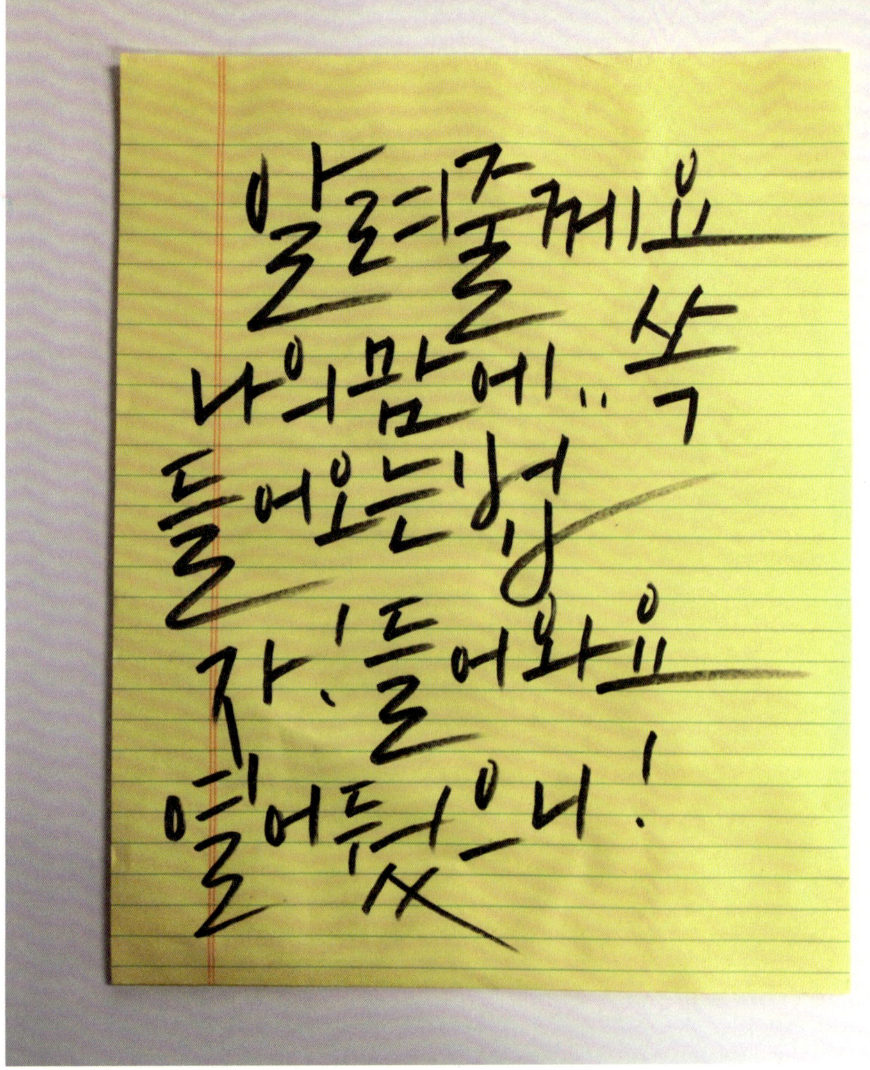

"세상에 남 녀가 반반. 물 반 고기 반. 그런데 왜 난 애인이 없을까. 이런 한심한…

이런식으로 살다보니 이제는 연애할 때 어떤 기분이었는지 까먹었어. 연애 어떻게 하는거야?

왜 아무도 나에게 대쉬하지않지? 이 정도면 평균 이상 아닌가? 눈 두 개, 코 한개, 귀 두개…등등…

아냐… 어쩌면 누군가가 계속 추파를 던지고 있는데 못 알아보고 있는지도 모르지.

이건 정말 불행한 일이야. 갑자기 생각났는데. 난 그 동안 상처 받을까봐 내 마음 꼭꼭 잠궈놓고

누군가가 들어오기를 내내 기다리고만 있었던 것 같아. 세상에 이런 바보 또 없습니다.

자, 이제 열어놨으니 맘껏들 들어와보세요." 라고 오늘도 나에게 희망의 메시지.

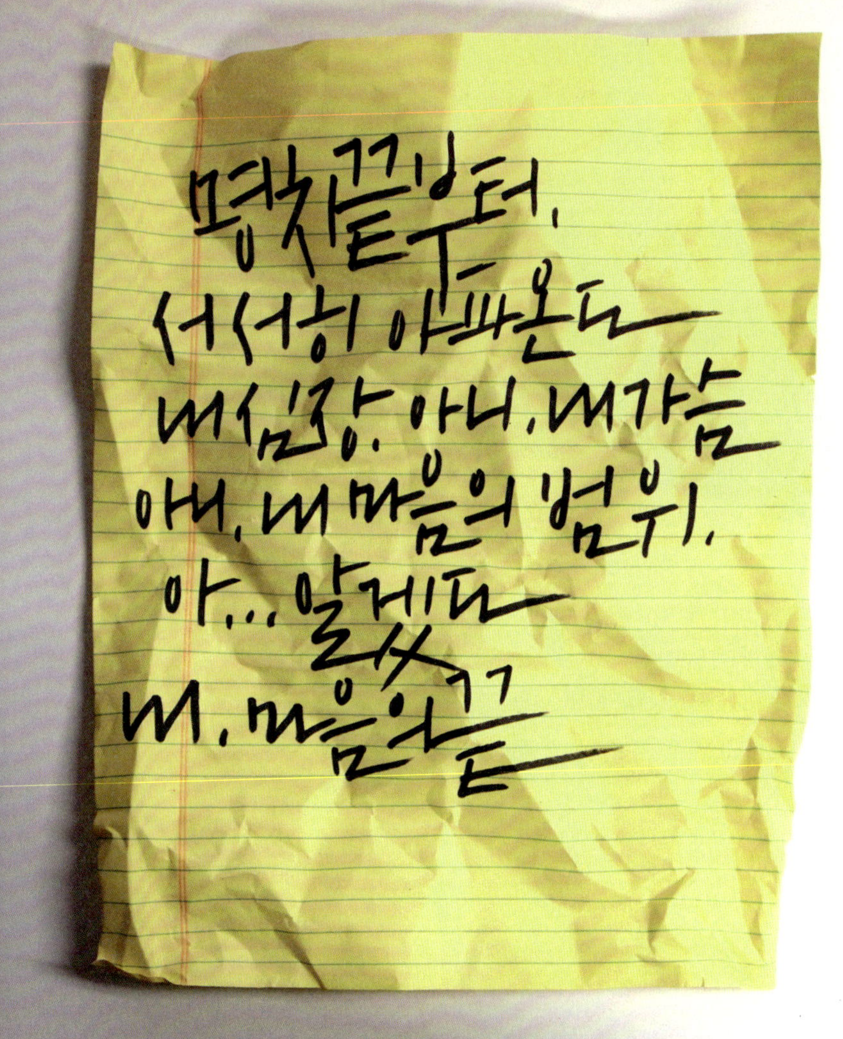

어젯 밤 꿈 속에 또 다시 당신을 보았네. 아무런 준비가 없는 나에게 불쑥 찾아오면 나는 어쩌라고. 무심한 사람.

어쩌면 이렇게도 오래 당신은 내 꿈 속을 찾는지. 어쩌면 아직도 내 머리는 당신을 그리고 있는지. 내 탓인지도.

그렇게 그립던 당신과 손을 잡았네. 비가 내렸지. 마음에 비가 내린다. 손잡고 빗길을 걷는다.

손잡고 당신을 다시 만나 너무나 행복하다고 고백한다. 우리 그 전으로 돌아갈 수 있을까... 라는 바보같은 말은 꿀꺽 삼켰다. 그저 단지 지금 내가 꿈꾸고 있는 당신이 너무 행복해. 꿈이라는 걸 알고있기에 너무나 슬프지만.

현실속에서 보다 더 아름다운 사랑을 감사하며 서서히 깨어간다. 서서히 희미해지는 당신과 이별.

아직인데 아직 못한 말이 있는데. 다시 잠들려 하지만 서글픈 눈물만 날 뿐 잠들지 않는다.

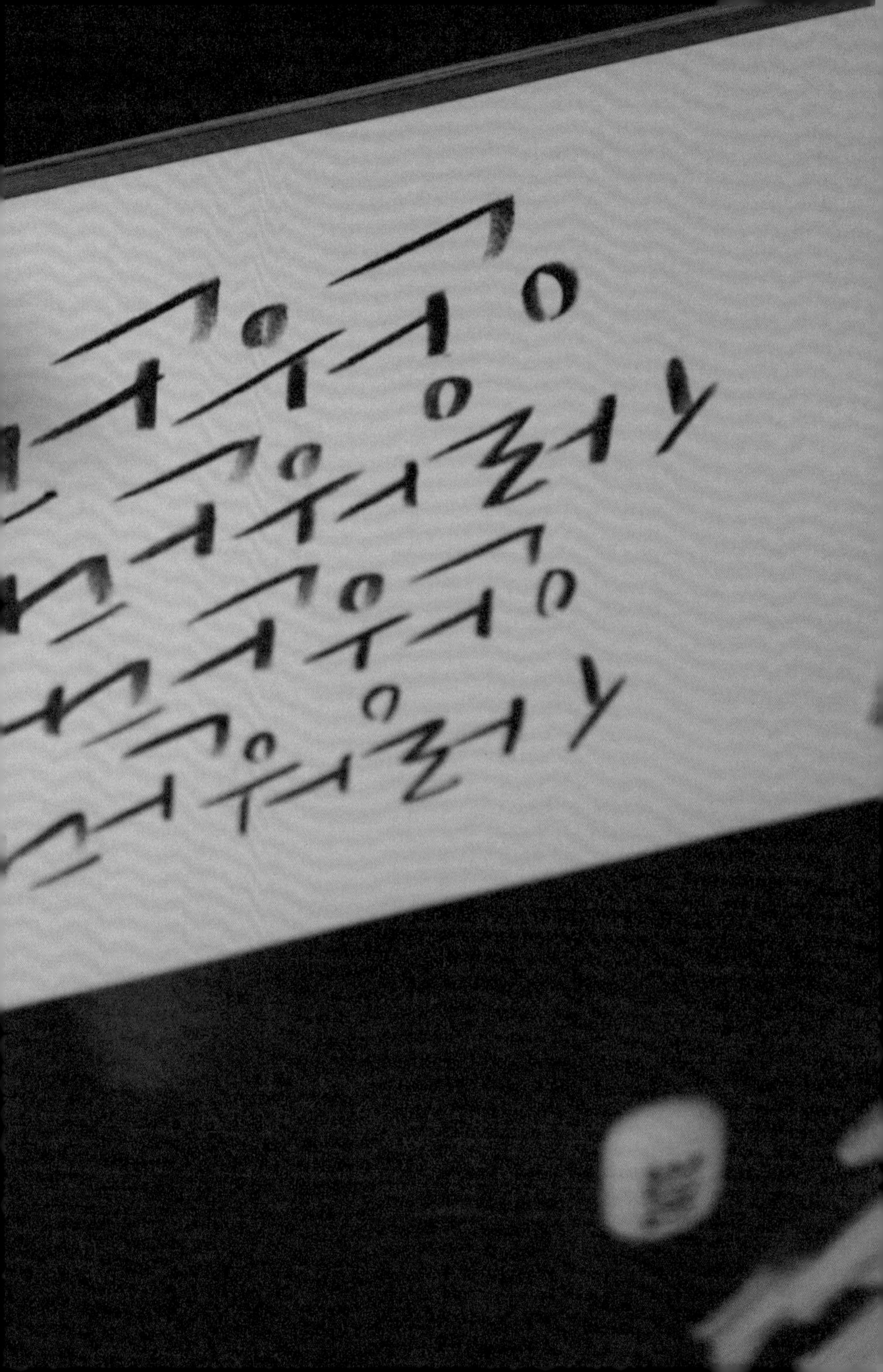

당신을 좋아했었다.
그래서, 억지로 당신과 난
너무도, 잘 어울리노라며, 끼워맞추길했다.
결코, 맞지않는자리에 퍼즐을 맞출순없는것이다..
내가 또 그사람을 힘들게 떠나간다..
우린 잘 맞았어, 잘 맞지않노라며..
때, 한번 산 이별을 택하고
지우는 연습... 학습에 들어간다..

진정한 사랑은
아름다운 동행이다

영화속의 연인들의 이별은 한번이다.
그래서 강렬하고 아름답고 슬프다,
우리의 이별은 아프기싫어서, 다치기싫어서
매달리고 얘기하기를 반복한다. 그래서..
강렬하지도 아름답지도 않다.. 하지만
너무나 슬프다..

길바닥에 떨어진
고등어처럼, 쓸쓸한 마음이
지독한 외로움이.
불쌍해서, 울어버렸다

자유롭게 훨훨 날아
당신에게 갈수있따면
얼마나
좋을까...
좋을

이 감정이, 사랑인지, 아닌지..
상대가 나를, 진심으로 사랑하는지 아닌지..
따져보는데에, 사랑할 시간을 다 써버리는 사람이 의외로 많다..

''은희경'' 마지막 춤은 나와함께..

그래서 사랑할 시간이 점점
짧아지는것같다. 사랑의 시작이 어디 요이땅하고
시작할까.. 그냥 자연스럽게. 받아들이면 좋을걸..
따지고. 계산하고..
마음이 가는데.. 생각이 막는다 ——

어딘가로 훌쩍 떠나고파
나를 모르는 어딘가로
당신이 없는 다른 곳으로
잠시라도 당신을 가슴과
머릿속에서 빼놓고 싶어..

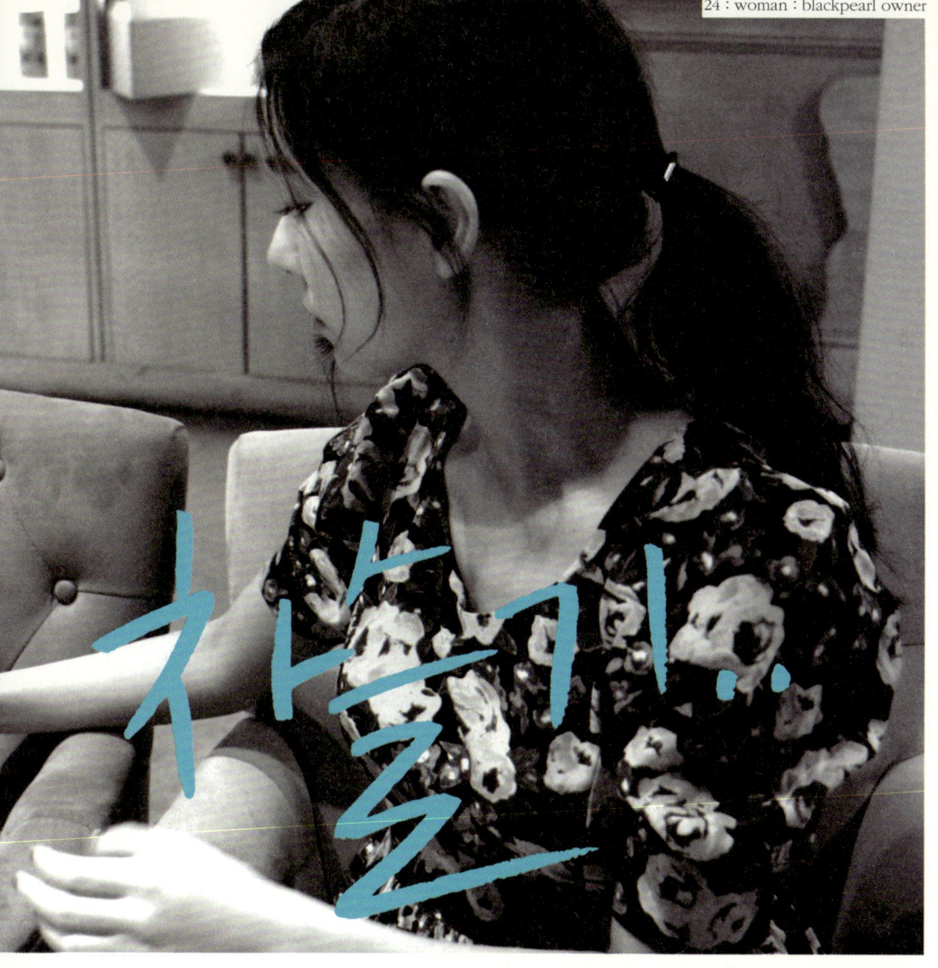

인생은 짧고
시간은 약속없이 흘러가는데..
내안의 나는 도대체 어떤 사연이 있길래..
잘맞지도 않는 옷을 입고
갖고싶은 완벽한 드레스를 놓치고말았을까..
다음시즌, 그 드레스는 없다
결국 중요한건 타이밍..
사랑, 그 타이밍..

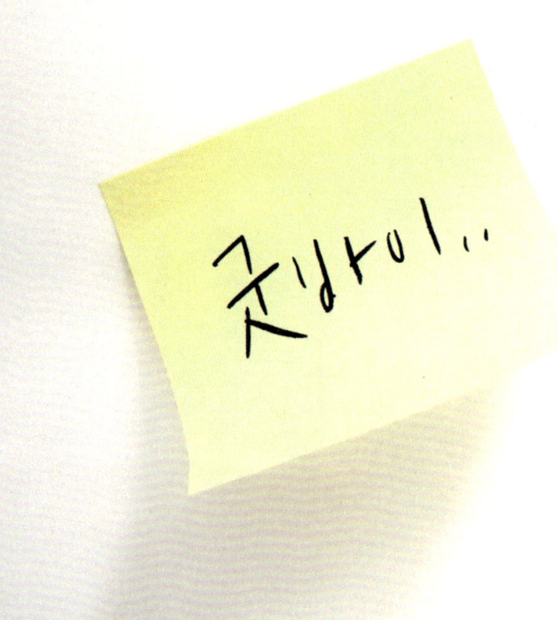

안녕. 내사랑,
말로전할자신이없어.
이렇게 말하는 날..
용서해...

(사랑하는 그대와 헤어지고
이렇게 다시 웃을수 있는건 ,,
기나긴 시간이 흐르고 수많은 일들이 스쳐지나간 후

언젠가는
나의 인연이 당신과 다시
만날수 있다는 사실을
잘 알고 있기 때문입니다

WE'RE ONE.
BUT. WE'RE NOT THE SAME
WE GET TO CARRY EACH OTHER ...
CARRY EACH OTHER ...

U2 (ONE)..

아이스크림을
무척좋아하던사람
아이스크림만사주면
아이처럼웃던그사람

이별하는 남녀.
서로 등을 돌리고, 이제, 서로의 갈길을 간다
어떤 마음일지.. 잘 알것같다
다행히, 여자, 저 남자 뒤돌아 보지 않는다
서로 점점더 멀어지고 어쩌면
알게될쯤.. 눈물이 나를 모르게
흘러란걸 난 잘알고있다.
혹시나 지금날 바돌가봐, 지금은 울고있어

사랑, 그건 이기적인거야.
받으면 더 받고싶고.
그렇게 받다보면 또.
헤어질 이유 나열하고 .. 헤어지면
온통 주지못한것들에 대한 후회.
미련. 사랑, 그건 병이야, 몹쓸 병.

때때로 네가 그리운 날엔
공기 속에서 너의 향기를 찾다가
그 비슷한 기운이 숨을 통해 내게
들어오면 연신 팔딱거리던 마음은
어느새 안정이돼.. 생각만으로도
그런 사람이야, 내게.. 너는...

비오는 소리를 가만 듣고있노라면
천천히 내 마음이 젖는다. 휴지가 물을 받아들이듯
그렇게, 내마음도다.. 무겁게 만든다
잠시 빼뽕았던 그사람도 적셔집어넣고
이런저런 추억과 함께 푹 담궈졌다보면
내게 잔뜩젖은 추억이 고맙다
흠뻑젖을만큼 많이 주고간 당신도 고맙고

그리 대단하지 않아도
둘이 함께 있다는 것만으로,
작은 것에 행복을 느끼는 것
사랑...

내 세상에 너 밖에 없고,
모든 것이 다 똑같아
이별은 그런거야
너만 빠진 똑같은
내 세상...

이별한 사람의 모습은
어쩜 저리도 초라할까..
불과 몇분 전까지 누군가와 마주하고 있던
한남자는 자신의 무료 사이에 얼굴을 묻었다
울고 있을까? 지금이런 나의 모습이
너무나 불쌍해서.. 아니면 현실을 부정하고
두눈을 가리고 싶었던 것일까..
난, 그냥 대낮에, 저남자가 슬프다

세상에 외치다
사랑한다고.
내가, 당신을
사랑한다고

사랑해본지
너무 오래되서 기억나질 않아
사랑 따위,
개나줘버려…

흐릿하지만 선명하다.
당신은 사진속에 흐릿하다
하지만. 내 기억속 당신은
필름 보다 선명하다.
바람, 공기, 향기 모두..

헤어지던날,
두눈을 질끈 감아버렸습니다
마지막 뒷모습을 보지않는다면
다시 만날수 있을거라
생각했습니다

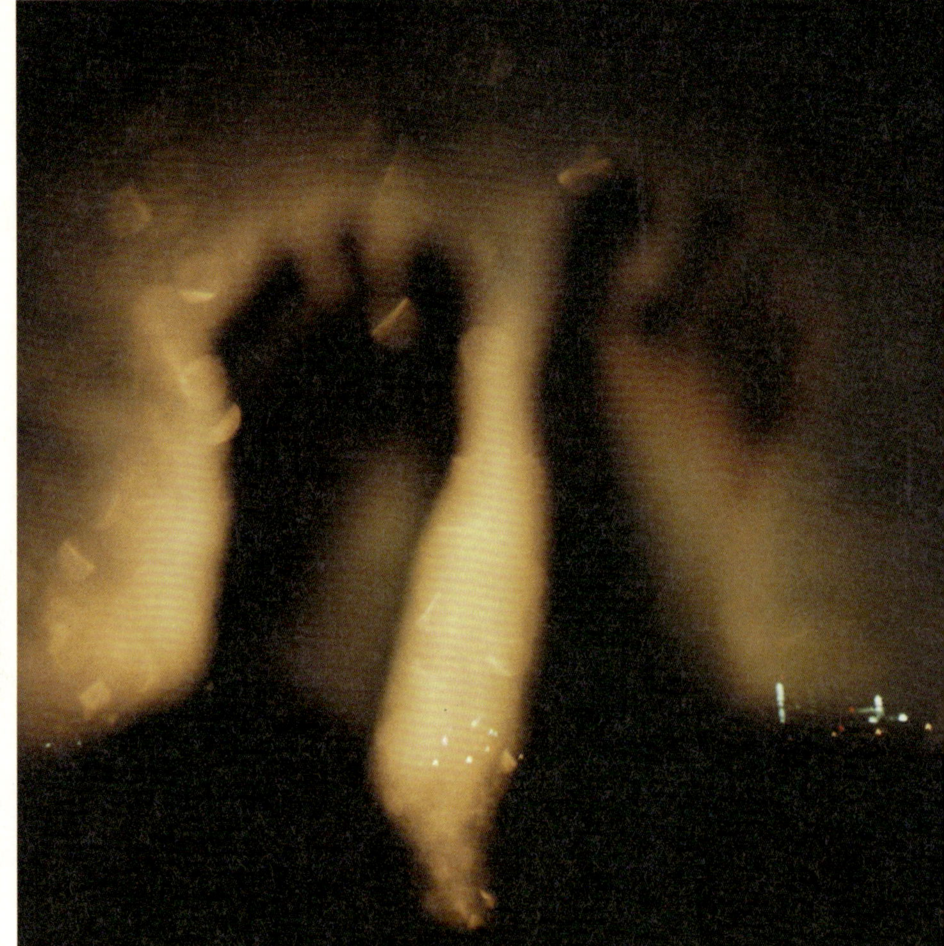

당신과난
발가락이 닮았어..

편지를 쓴다.
입가에 장난스런 미소..
생각만해도, 웃음나는
당신께.. 내 마음을 준다.
잘지내라고...

푸른 바다저멀리 새희망이 넘실거린다
하늘위에 하늘위이 뭉게구름 피어난다

당신과 바라본 저 넘실거리는
바다에 당신과 영원하게해달라
나의 새희망을 말했었어..

우리가 사랑에대한 낭만과 애틋함을
마지막으로 말한것은 과연 언제인가요.
상대를 위한 시를 읊고 서로 말없이 바라봤던
오래전 사람들처럼 사랑은 충분히 느리게 할
가치가 있습니다. 과정은 통속적이지만
순간은 특별한 것. 그게 사랑이니까요

내러미

들러우우우

굴글굴글 ㅏㅅㅓㅇ뗘

버ㅎ대럷

ㅏㅇ둑ㅏ이ㄴ

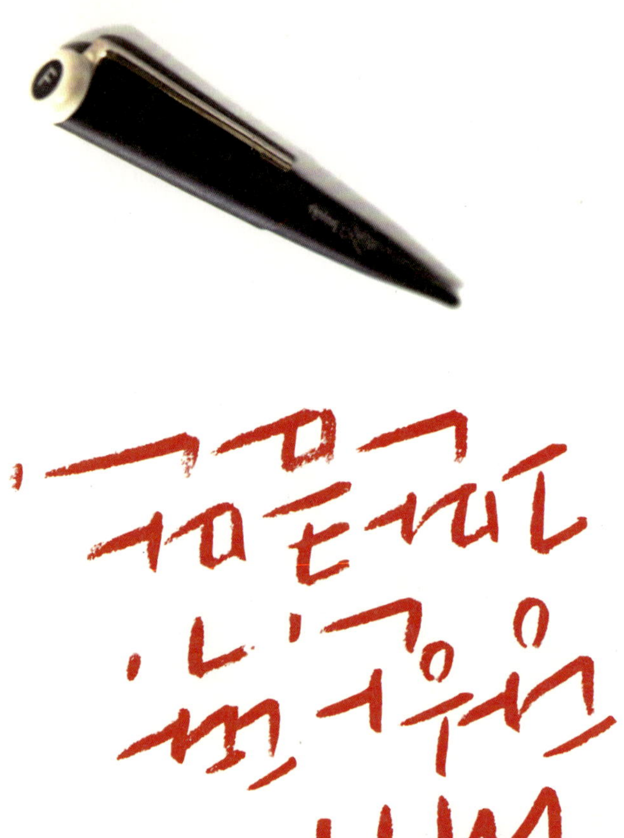

아프지 말아..

누군가 아프지 않기를 바라는 것이 어쩌면 이렇게 마음 저릴까.
적어도 내게 그리워하는 말 한마디보다. 아프지말기를 비는
이 마음이 백만배 애달프다.

Name / Nom
Adresse / Address

제발제발
아프지말아요, 꼭내가
없을때. 그러더라.
이젠 내가, 옆에있어줄
수도없는지금, 당신
아프면, 난 어쩌해.
어쩌해..

지금은
당연히
힘들거에요

어린 아이 손에서 장난감을 빼앗긴것처럼.
울고 발버둥쳐봐야 아무 소용없다는 걸 안다.
하지만 아직도 내 손아귀에 있었던 그 느낌이 너무 생생해서...
아쉽단 말이다.
아쉽다.
난 니가 너무 아쉽단말이다.

가끔씩은
누군가 나를 위해
존재한단는
헛된 상상을 한다

어쩌면 우린 책임감이 투철해서
힘이 들어 포기하고 싶은데도 불구하고
이렇게 살아 남아 있는지 모른다는 생각이 들었다.
내가 포기해 버리면,
모두들 힘들어지겠지 라는 터무니없는 책임감을 안고, 업고...
살고 있는지 모르겠다는 생각이 들었다.

상처
받은 당신을
안아드릴께요

일루와봐요
아니, 내가 갈게요
가슴에 안겨.
조금만 쉬어요
그딴 자식 잊어버리고
내가 무슨짓을
하는지..
나도 몰라요

정말
날 잊은건지,
잊은척하는건지.
어쩐지,
믿을수없지..

뻥치지말아요.
당신은, 날 쉽게 잊을수없어.
내가, 그렇게,
만들었거든..
착각은자유…

어쩐지
좋은일이 생길것같은
저녁,

그런 날이 있지. 오늘은 왠지 좋은 일이 생길 것같은 날.
점심시간에 걸려 온 오랜만에 친구의 전화.
잘 지냈어? 왜 이렇게 연락 안 했어...
지는... 아무튼 무슨 일인지 모르겠지만. 반갑다.
어쩐일이야? 아... 다른게 아니라... 나 결혼해.
그럼 그렇지...좋은 일이 생기긴 개뿔이 생기냐. 젠장.
결혼 한다고 전화하지마.

외롭지도 말아요 ,

왜 그랬나요
그땐, 왜, 그랬나요
오늘 외롭다고 어딘가에서,
서서히, 취해있을 당신은 바보
난, 변했고, 당신도 변했다,
정확히, 입장이 변했다.

내일이 걱정된다
9시 출근. 지금은 네시인는
아직.. 아직이다
아직도 당신이란 안주가
남았다.

피곤하다
위속가득 술냄새.
취했다.
아직 넌 지워지지 안았다
그래서 술도 아직이다

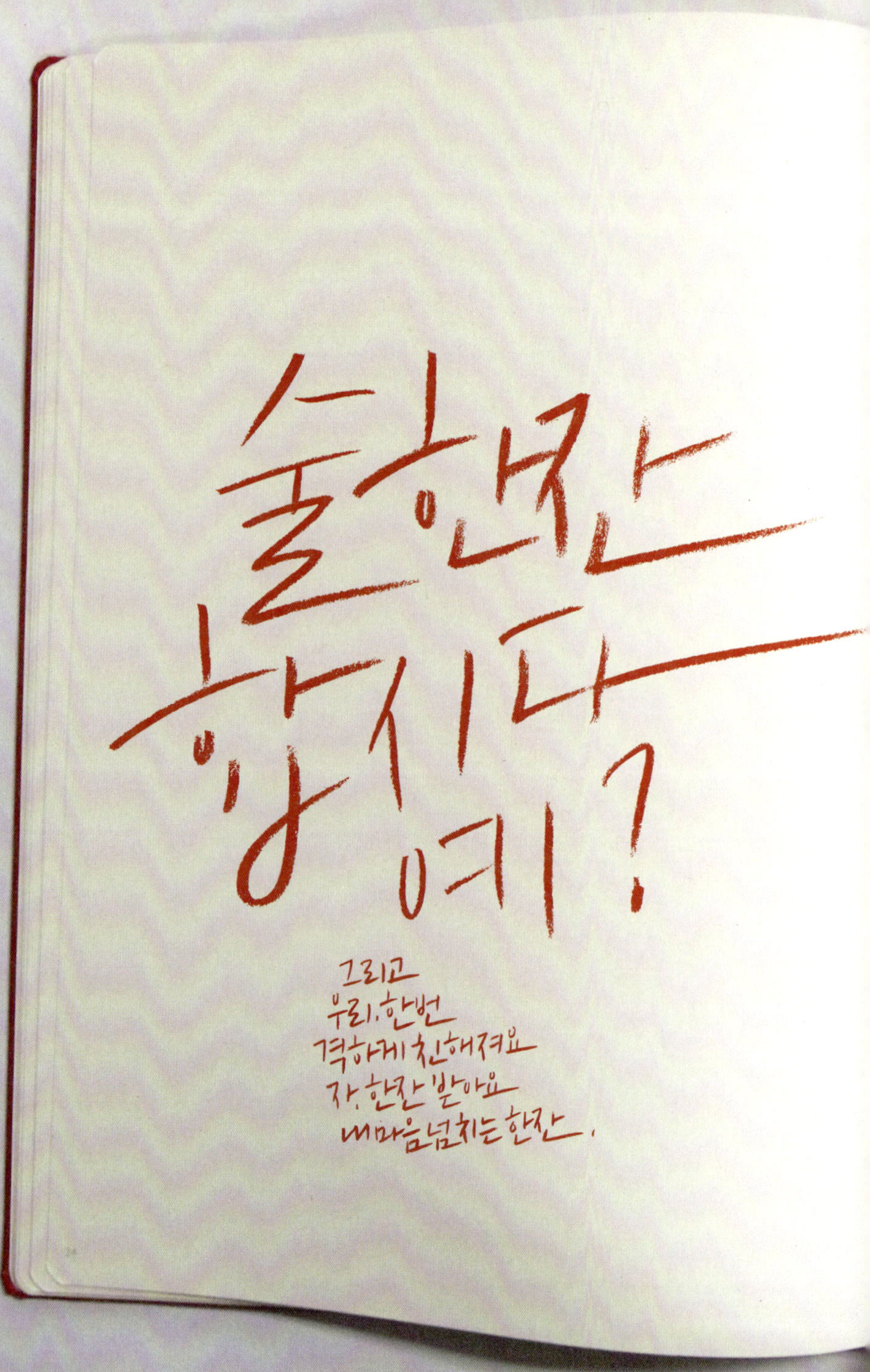
술 한잔
합시다
예?
그리고
우리, 한번
격하게 친해져요
자, 한잔 받아요
내 마음 넘치는 한잔.

정말 가요?

이대로 정말
가요? 이렇금 우리
이별하는건가요?
이렇게 쉽지말아요..
가지말아요..

잡지않았습니다
자신이 없었어요
책임이란말
두려웠어요

함부로
책임지라하지말기.
그리고, 책임못질짓도
하지말기..

이번엔
정말·잘
부탁해요

상처받지않도록
우리, 조심조심
살살 사랑해요

당신의 눈에
따스한
봄날이 비친다

아..따뜻해..

당신의 눈에 봄의 따스함이 비친다.
드디어 손잡고
가벼운 옷을 걸치고
발걸음을 맞출수있는 계절이 왔다.
우리가 가장좋아하는 계절로의 다이빙.
사실은 이건
내 마음의 봄이다.

이런들 어떠하리 저런들 어떠하리.
사계절이 당신과 함께라면.

외롭다고
아무나 만나면
반칙!
옐로카드!

외롭다고 아무나 만나서 쉽게 사랑하지마.
그러면 안돼. 내가 아꼈던 니가.
쉽게 다른 사람을 만나서 쉬운 사랑할까
두려워.
나는 그게 정말 두려워.

너도
잘지낼때도
됐어..
그만, 행복해져..

니가 걸어놓은 마법인지.
어디서든 너같은 향기가 날때면
나도 모르게 그때의 나로 돌아가...
비교적 너의 향기는 어려운 향이 아니라서.
흔하게 맡을수 있거든.
그런데 있잖아.
좀 달라.
너한테 나는 향기는 있잖아.
딱 너거든...
그래서 다행이야.
완전히 그때로 돌아가진 않아. 한 90%?
딱 10% 부족한 니 향이 그런데 있잖아.
그리워. 무지 그리워.

지금당장
행복해질수는없다
그러기위해선
시련이란 놈코 좀 친해질
필요가 있다

지금은 시련.
아직 모르겠다. 행복.
하지만 둘은 친구.
시련이란 녀석과 친해지고.
행복이란 녀석을 소개받고.
그리고 행복이란 놈을 놓치지않으려 좀 적극적이면.
곧 친해질수있을꺼야.
행복이란 녀석과.
그리고 오래오래 그러길 바래.

눈물은 떨어지지
말고 뺨을 타고
흘러야해.
내가. 그리워. 울어도
폼나야해.
추억은 아름다워야해

추억은 언제나 아름다워야 해.
내 사랑은 언제나 폼나야해. 그건 영화 속 이야기.
우리 사랑은 전혀 폼나지 않아. 지지리궁상.
찌질하게 눈물 콧물 흘리는 이야기.

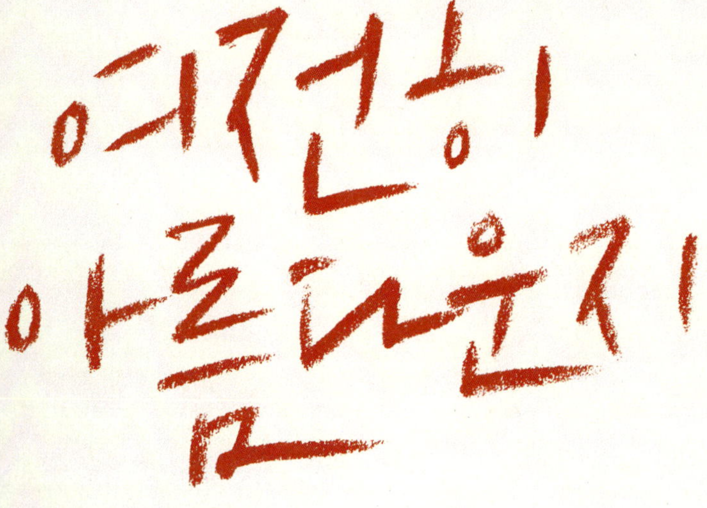

변한건 없니. 내가 그토록 사랑한 미소도 여전히 아름답니.
난 달라졌어. 예전처럼 웃지않고 좀 야위었어. 널 만날때보다…

궁금해.
궁금해 하면 할수록 지난 시간이 아쉽고 아쉬워.
지금은 그때보다 조금 야윈 내가 아쉽고.
니가 잘 못 지낼까봐.
걱정돼. 아름다워야해. 아니. 아름답지마. 너도.
잘 못지내길 바래.

우리지금만나,
평창만나,
억지부려도
땡깡이라도
그때가 좋았지!..

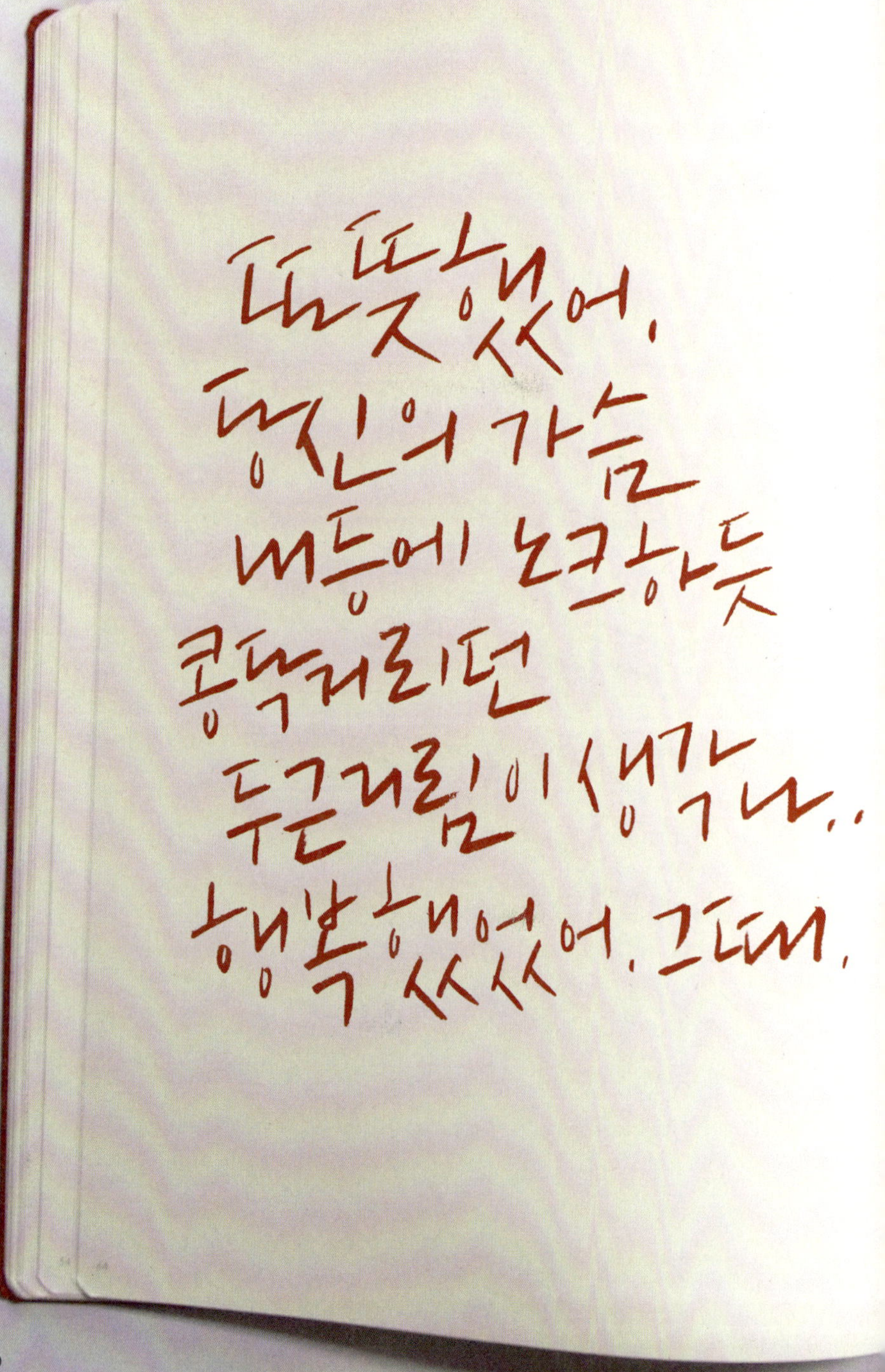

따뜻했어,
당신의 가슴
내등에 노크하듯
콩닥거리던
두근거림이 생각나..
행복했었어. 그때.

별로였어요
그사람, 나와는 어울리지
않아, 그래요
이렇게 생각해버리면
그만이에요

전할 수
없는 이야기,
부치지 못할 편지를
쓴다. 당신은
모른다. 이제
알겠니?

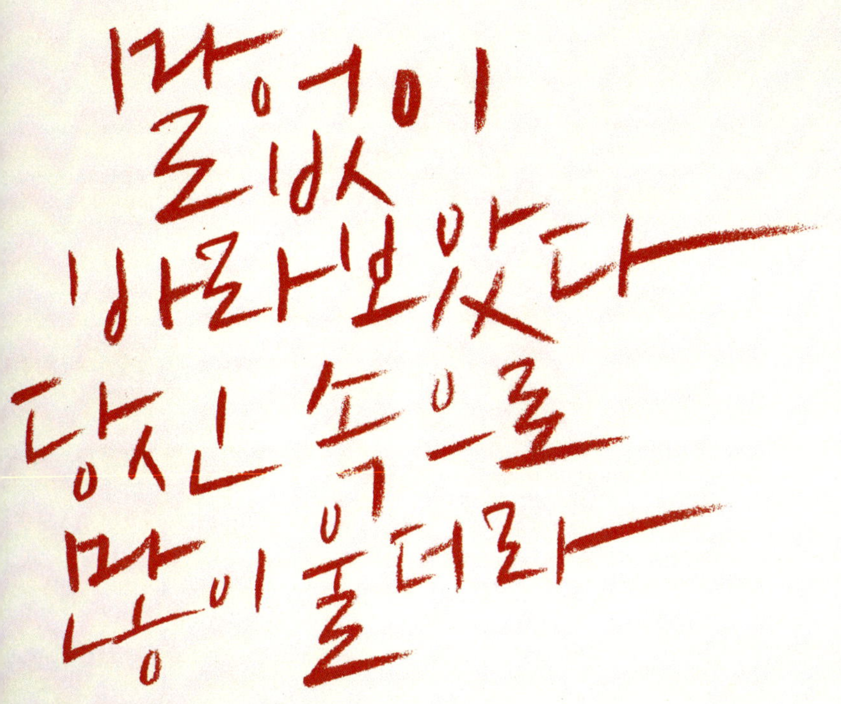

말없이
바라보았다
당신 속으로
땅이 울더라

밤새워
이야기 나눴지, 어쩜
그리할말이많았는지..
처음알았죠, 내가 이롱게
웃음이 많은 여자인지...

당신이라고,
내 마음 다 줘버릴 사람
바로 당신이라고
말하려고 했는데..
어딨나요,
왜... 갔어요.. 왜..

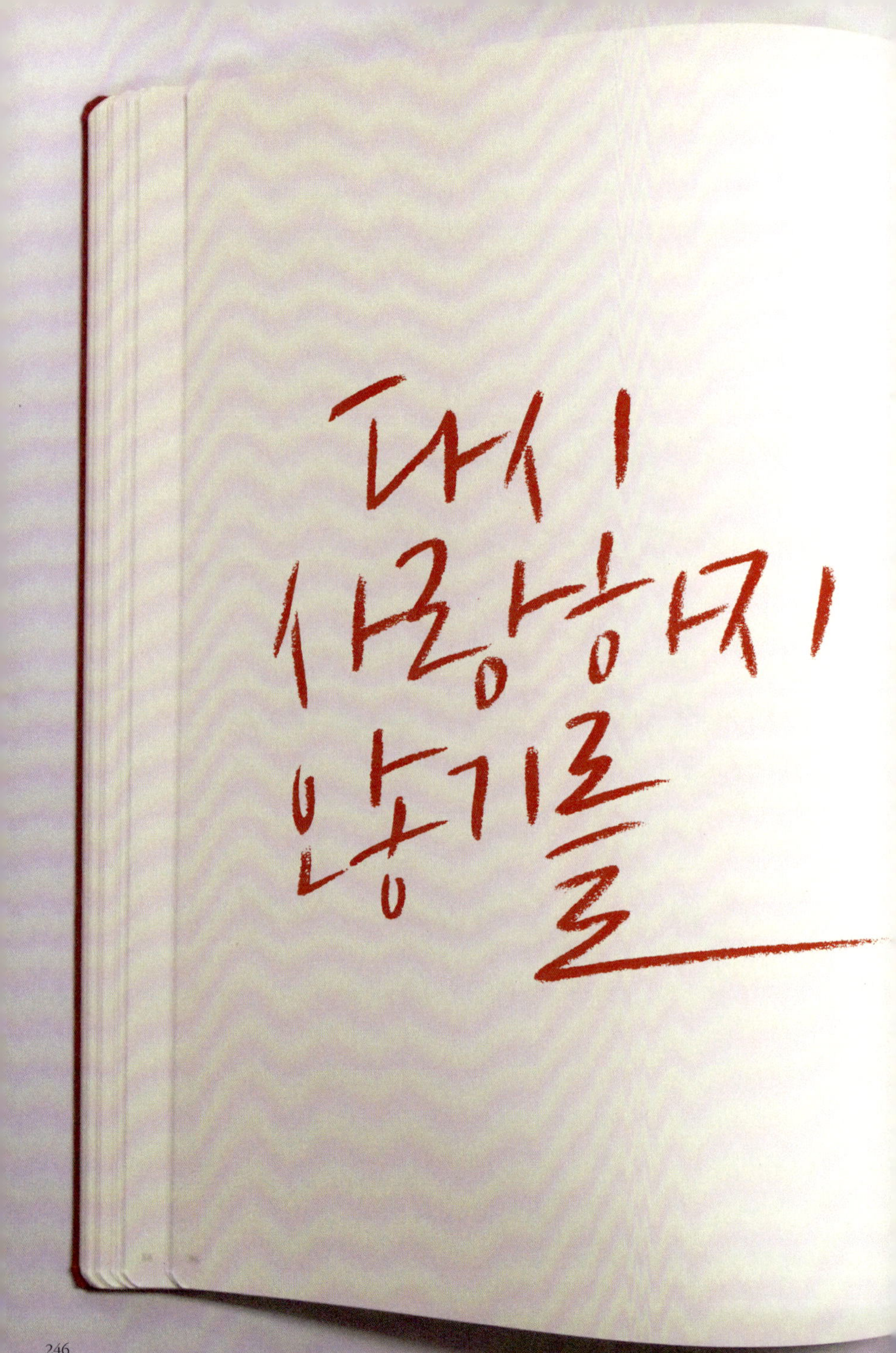

틀리다
없이 버려서
시써

조용히
들어보기,
가슴이
말하는소리.

어른밥

미산이
아닌가벼?

헛다리를 짚는다는것.
한번은 괜찮다치고
이영표처럼
그럼, 한번은 크게
접질린다

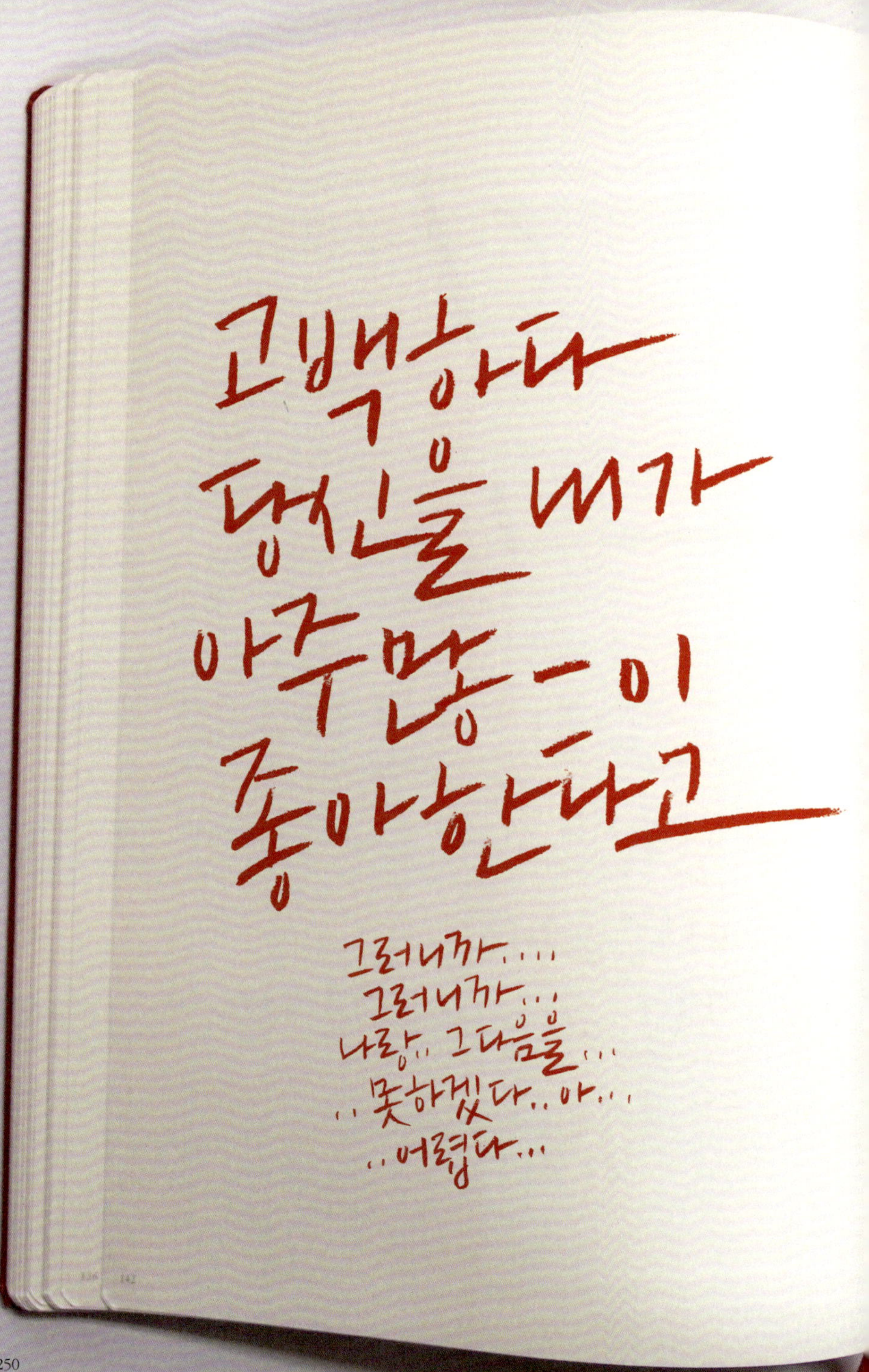
고백하다
당신을 내가
아주 많-이
좋아한다고
그러니까....
그러니까...
나랑.. 그다음을...
..못하겠다..아...
..어렵다...

당신과
훌쩍떠나다
그런상상...

상상만해도
온몸에 세포가
분열하는것같애..
으아..

당신과 전화를 하며 기분좋은 상상에 빠진다

새벽녘 당신 바람이 불었어.
시원한 바람이 너무나 좋아서 밖에 나가 산책을 한다.
하늘이 맑아서 별이 잘보이네. 피부에 닿는 바람과 공기가 상쾌해.
가로등은 주황색이구나. 어느새 앙상하게 보였던 나뭇가지는 풍성하게 잎을 달아 푸르르구나.
나무속으로 노란가로등 불빛이 그린듯 아름답구나.
빙글빙글 밤길을 걷는다. 귓가에 익숙하고 좋은 목소리가 들린다.
내가 본 풍경을 내 마음에 다시 그려 머리를 통하지않은 내 말이 당신께 전할수 있다는것이 얼마나 행복한 일이니. 당신과 나란히 걷고 있다는 상상을 한다. 눈을 살며시 감고 손잡는다. 당신과 깍지 낀 손을 조금 흔들며 발걸음을 맞추며 숨쉬고 공기를 노란색불빛을 곧은길을 저멀리 작은 불빛들을 공유한다. 무엇보다 내 마음을 당신의 마음이 손잡다.
이런 기분좋은 상상.

그 부탁은
들어줄 수가 없어요
잊어달란 말 그 부탁,
됐어요 "

당신을 그렇게 기억해줄 수 없음.
그런것 없다고 말했음. 내 인생에 당신은 무척이나 향기로웠지만.
그렇게 말할 수 없음. 그 향기가 너무나 진해서 잊혀지지 않겠지만.
잠시 스쳐가는 이천십년의 초여름의 진한 향기였다고 말하기 싫음.
이것만은 당신이 원하는 대로 해줄 수 없음.
그렇게 인정하는 순간.
모든 것이 다 끝나는 것 같아서 내 마음.
그렇게 쉽게 놓고 싶지가 않음. 그래서 부정.

같은 편이
생긴다는 것,
기분좋은
우리란 편,

당신은 나의 편.
나는 너의 편.
우리는 한편.
당신과 나의 편먹기.
서로 한편이 된다는것.
한편.
무언가 당연히 이길것같은 든든함이랄까...

단지,
넘어졌을 뿐
일어나야
해,

한번 실수했을 뿐.
이번이 끝이 아닌걸.
한번 나는 넘어졌을 뿐. 다시 일어날 수 있어.
달려라 하니. 나애리가 아무리 괴롭혀도 툭툭 털고 일어나야지.
그리고 다시 뛰어야지.
난 소중하니까. 내 사랑은 이렇게 쉽게 포기할 수 없으니까.
다시 숨이 턱까지 찰 전력질주를 해야지.

나. 있죠. 이번엔
정말, 참말 잘해보려했어요
이사람'보다 나에게 잘 맞는,
그런 사람은 없도,그리 믿고
잘해보려했답니다..
사람, 참 어렵네요

누군가를 사랑하기란.
쉽지가 않더라.

당신 아닌 다른 사람을 가슴에 품는 일은 쉬운 일이 아니더라.
어느 순간에는
누군가를 만나는 것을
포기하고.
이건 안 되는 일 인가 보다를 되뇌이다.
결국은 당신이 아니면 안 되나 보다를 깨달았다.

슬쩍 창밖을 본다,
눈물이 흐른다, 바보..
괜찮다, 다 좋아질꺼다

당신의 눈에서 내가 흐른다.
내 눈에서 당신이 흐른다.
마치 눈물처럼...

와인으로 청승떨기.

오랜만에
와인을 병째 나발을 불어요
어쩜 무식하기도 하더라,
모르는 말씀 마셔요
혼자 청승떨기엔 이만한 것이
없더유..

이기적으로
살아도 된다
걱정말아라

정말 잘한 일일까요?
내가 그 사람 또 슬프게 할 것.
나도 조금.. 많이.
이기적이어도 될까요?

알아주세요
이런 내마음을
제발, 좀 좀

짜증이 나려 하기 전에...

나쁜 남자 되기.

그런게 유행이고 트랜드라면 한번쯤 나도…
해볼까?

그래서
또하고 또하고
또하는것이다
언젠가는 꼭
알것만같아서...
누군가, 꼭
알려줄것같아서..

우글
10종세트..

외롭니?
힘드니? 슬프지?

술한잔
할까?

일루와,,
안아줄께..

아이고..
어쩌니?

괜찮아,,

토닥,
토닥..

그래
실컷울어..

잊어.
이제,,,

곧,좋은사람
생길거야,,

다
잘될거야,
힘내..

SORRy,,

장담은
못하겠다..

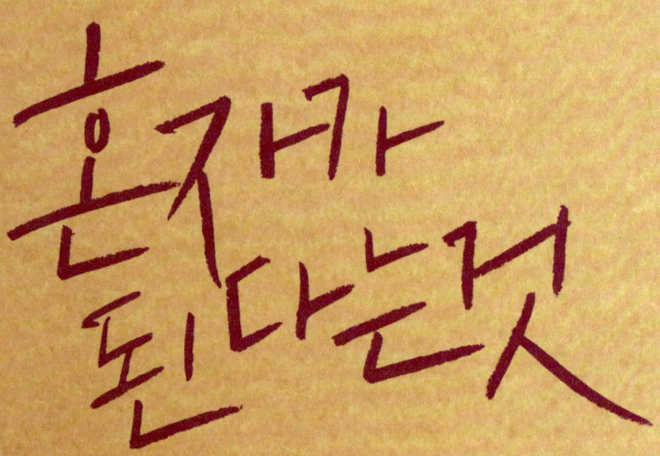

뜨겁게 사랑했던 기억.그리고 쉽게 변해 버린다는 그 믿음.
어떤 사람을 사랑하면서.
사랑은 생각처럼 쉽지않다는 생각.
그런사랑 만들기보다.
지켜가기가 훨씬 더 어렵다는 소중한 교훈.
잘 지켜왔던 사랑을 단 한번의 실수로 잃을수도 있다는 두려움.
여전히 믿기어려운 이별.
나 또그런 사랑할까봐 두려워.

정열적인 인생을 살련다

정열과 열정을 혼동하면 안된다.
난 개인적으로는 열정적인 걸 선호하는 편인데.
자칫 정열적인 누군가에게 잘못걸려서 피만 팔팔 끓다가.
혈관까지 다 디고 정열적으로 차일까봐 괜한 걱정을 한다.

솔직히
넌.
사랑안했지?

어쩐지..

반칙인건 알지?
자대.

널 만날꺼였음
이나이먹지도
않았다.. 재F..

근일날 MIND..

누나들. 이러면 정말 곤란해요. 그르지마요.
"이런 누나들이 내 주위에 너무 많아서 큰일이다."

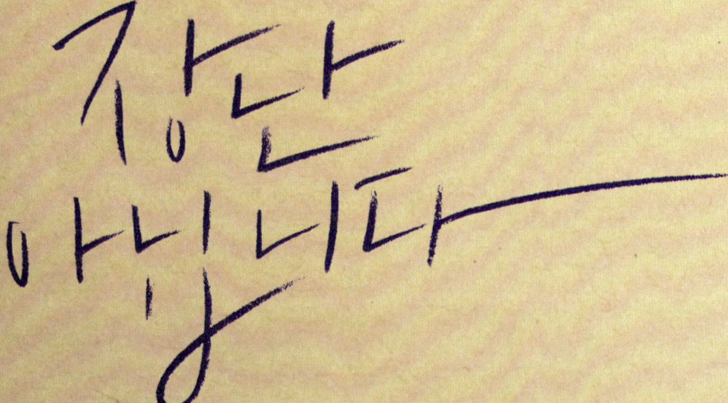

아 저 지금 장난아니거든요? 제가 진짜 사랑하거든요?
심장이라도 꺼내서 보여드려요?

아.. 저도 장난아니거든요? 죽빵 한 대 맞기 전에 꺼져줄래요?
진짜... 아닌건 아닌거다. 미안하지만. 과하게 들이대지마라.
심장꺼내기 전에 죽는다...너...

겨우 그런걸
가지고
이러는거야?

이 딴 말 하려면 화해할 생각도 말아.
너와 나 사이에는 겨우 그런일은 없고. 우리라고 하는 사이엔.
아무리 사소한 일도 스페셜이다. 알겠냐? 아나.. 확!

자꾸 이별하다보면 요령이 생긴답니다.
상처도 미련도 없이 그냥 웃으면서 안녕. 잘지내. 행복해.
요 정도로 마무리가 된답니다. 그리고 다시 만나서 밥먹고 술먹고 그
래도 아무 감정없이 잘 마무리가 된다 그러더군요.
그런데 그런거 정말 안하고 싶습니다.
사랑도 진하게 이별도 진하게 아프려면 죽자고 아픈게 낫습니다.
난 세상에서 쿨한것들이 젤로 밉습니다.

헤어지자고
편지를 쓰ㅂ니다

이건 정말 써 본 사람만 알 수 있는 건데...
헤어지자고 편지를 쓰다보면 글 쓰는 도중에
그 사람이 너무 그립습니다. 헤어지기 힘든 방법입니다.

나와
다른 널 보며..

이런 바보. 사람은 다 다르다고 몇 번을 말하냐.
그리고 니가 그 사람을 바꿀 수 없다고도 몇 번을 말하냐.
사람은 절대 변하지 않아. 몇 번을 말하냐.
그냥. 인정하는 거야.
그게 사랑의 시작이야. 바보야. 몇 번을 말하냐...

사랑은
요리입니다,

보글보글, 송송, 탁탁,

정말 후회가 되는 일은 그저 처음에 잘 보이기 위해.
이건 분명 내가 아닌데... 아닌데...하면서 그 순간에도 나를 포장하는 일이다. 이쁜척. 귀여운척. 착한척. 안 해본척. 알아도 모른척. 척척척. 거기다 없는데 무리.
이런게 다 물도 안 끓었는데 소금넣고 설탕넣고 짠데? 단데? 이러면서 간맞추고 맛 내는 짓. 물 한참 끓고 후회해봐야...
사랑은 요리. 레시피에 맞게 천천히... 급하면 망칩니다.

깃털같은 마음 따위,

미처몰랐던 가벼운 마음따위에 휘둘렸던 늘 바람직하지못한 나의 마음은 이제 정리. 꼭 앗 뜨거워라. 3도 화상쯤 되는 뜨거움을 맛보고서야 비로소 느끼는 이렇게 무딘 사람 또 없습니다. 이런 사람이 나요. 한심하다. 나이먹고.

가볍디 가벼운 마음이 마치 나의 전부인양...
당신 아니면 안 되겠다는 양
마음이 동했던건 인정. 하지만.
난 마음이 너덜너덜 걸레가 됐다오.
부디 행복하거라. 내가 염려할 일은 아니지만.
너무 확 변하니까 내가 마음 좀 그래. 인마.

결코 할수없는일

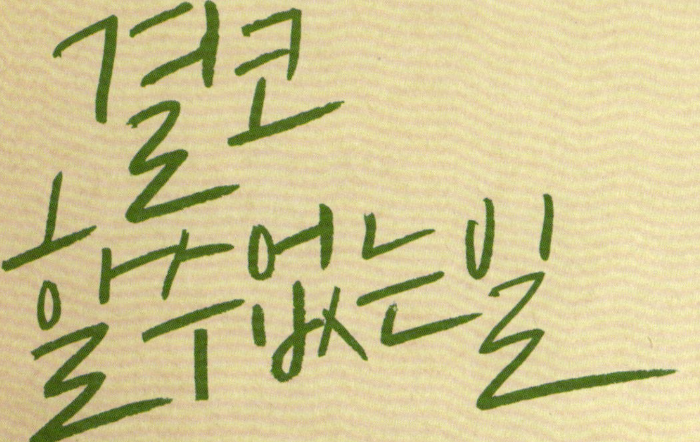

바람에 서서히 흐르던 종이배는.
서서히 물을 머금고 침몰한다.
물머금고 가면서도 이렇게 쉽게 가라앉지 않을 것이라고
혼자만 생각 했었던 것일까.
말도 안 되게 순간 침몰 할지는 몰랐을 것이다.
좀더 단단하고 견고한 배였다면 좋았을것을.
다 가라앉아 배 밑바닥을 보고서야 아. 내가 잘못했던 것이구
나.라고 생각이 든다니. 이처럼 답답한 마음을 말할 곳도 없다.
난 결국 이정도구나. 난 참 바보같다.하고 말하고 말하고 말해.
바보.

풀 죽어있는
내친구에게
모질고 쓴 말을 해.

어제 이별한 친구를 위로 할 때 조심해야할 것.
절대. 그 동안 알고있었지만 참아왔던 헤어진 그 친구의 과거를
폭로하지말것. 어차피라는 말을 쓰지말것. 술이 악이라며 술을
퍼 먹이지말 것. 사람은 사람으로 잊으라며 클럽이나 나이트에
데려가지 말 것. 한번은 헤어질 수 있는거라며 다시 연락올꺼라
고 기대하게 하지말 것. 이성이라면 안아주지말 것. 웃게하려고
애쓰지말 것. 모르는 친구 합석시키지 말것. 정작 지는 뻔한 소리
하면서 뻔한 소리 하고 앉았네하며 딴 짓하지말 것... 명심...
자칫 잘못하면 개가되어 물수있으니 조심할 것.

당신과
천천히 걷기
그리고,
조용히 말하기.

사랑해... 속삭여보기.
그리고 좀 자주 걷고. 자주 속삭이기.
이 세상에 큰 소리로 사랑한다 외치는 것도 좋지만.
너에게 내가 너만 들릴만한 목소리로 말하기. 사랑해에... 라고..
그리고 씨익 웃기. 그럼. 끝.

구마우 구워씨ㅇ
궤ㅗㅠ과서과
늚워씨ㅇ

창밖엔
누군가의 눈물처럼
비가 흐른다

비가 오는 오늘 당신의 슬픈 눈을 기억해.
나에 대한 믿음이 깨져버린 그날.
당신의 금방이라도 흘러내릴듯
터져버릴듯 눈물 가득 고인 그 눈을 난 기억해.

그리고 지금 창 밖에 누군가의 눈물처럼 빗물이 흐른다.
혹시 울고 있는지.
나도 가끔은 비가 내리면 비처럼 조용히 흐르던 너의 눈을 생각해.
속눈썹 가득 머금은 눈물과 빰을 타고 흐르던 눈물이.
어쩌면 비와 같은지.

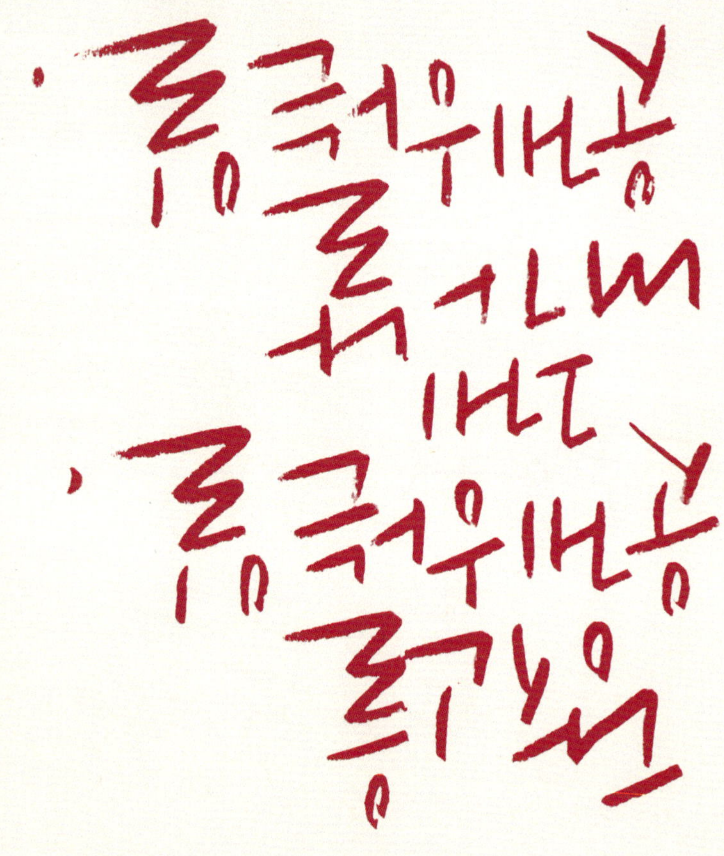

초능력,
사랑의 힘.

한손에 너의손을
꼭쥐고 운전하는건
전에몰랐던. 나의
초능력..
후진도가능...

사람을 만나면,
사계절을 겪어보라

그래서, 이별후에
꽃피면, 당신생각
비가오나 눈이오나
낙엽지는 그때시,
당신생각이 나네..

당했다..

널 처음
만났던 그때를
생각해본다

그 때를 자세하게 말 해줄 수는 없지만.

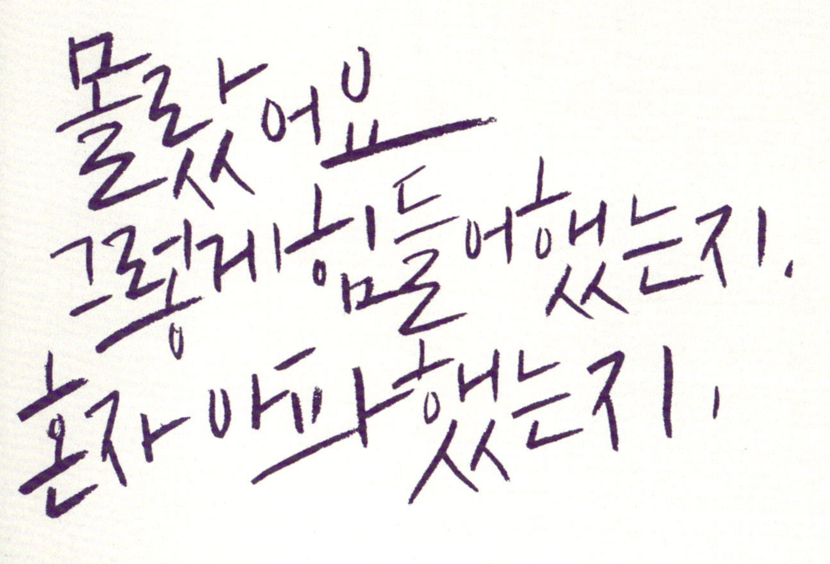

지금이라도 알았으니 다행이죠.
평생 당신을 원망하고 나만 이렇게 아팠다고 억울해했을텐데...

흠뻑 젖어버리다

구름 낀 하늘에 살짝 보인 햇빛에 반가워하며.
길을 나서네.
밤이되어 어두워지는 하늘이.
어쩌면 구름 낀 하늘이었을까.
난 알아차리지도 못하고 그저 좋은 날에 희망을 가지네.
곧 바람부는 길에서 생각지 못했던 비를 만나.
나는 흠뻑 젖어버렸다.
준비하지 못한 것일까.
아니면 그저 어리석은 것일까.
어이 없이 경솔해 버린 것 일까.
철 없이 들떠 버린 마음에 비는 경종일까.
아닌데...난 아닌데...
비를 맞아도 좋아라고 말해 버리면 바보스러운걸까.
그래도 난 흠뻑 젖어도 좋아라고 말하는 사람이며
난 어쩌나 어쩌나 걱정도 안할꺼야.
가끔은 흠뻑 젖어도 좋아.

꺼져, 제발

왜또 내앞에 나타나
날 흔들어놓는거야
이럴꺼면 왜 그때.
그렇게모질게
했니.. 이제안되는데..

그러지 말아요

나에게 이럴순없어요.
어쩌면 그래.
나 에게 그러면 안돼.
내가 당신에게 준 마음.
이렇게 버리면 안돼.
당신에 대한 믿음.
이렇게 만들면 안돼.
그러지마.
그러지마.

좋아질것같죠?
안좋아져요

계절이 변하고
해가 지나면 좀좋아질줄알았냐?
아니, 아니죠, 계절이 변하고
그때, 그향기가
기억나는 계절이오면, 또, 그리고
또 생각나고, 그럴꺼다.
그래서, 그계절이 오는게 두렵다

이별하러 가는 길

늘 이런말했잖아.
그래서. 사랑하는거 아니구.
그럼에도 불구하고. 사랑하는거라고.
우린 그런 사랑하자 그랬잖아.
그런데.
우린.그래서. 헤어진거니?
그럼에도 불구하고.
헤어진거니?
형장에 끌려가는 사형수의 심정처럼 심장이 뛴다.
싫다.. 도망갈 수 있다면 도망가고 싶다.

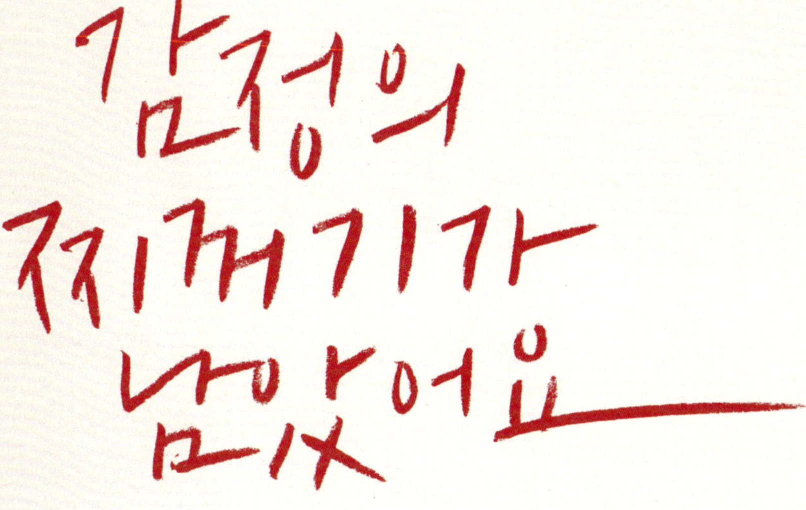

물론 나도 미련이 남는다. 나도 잘안다. 쉽지 않을거라는 것.
당신을 잊기 위해 짧지않은 시간을 방황하고 힘들어해야 한다는 것.
사랑이란 감정을 잊고 다시 처음으로 돌아가야 한다는 것.
믿음이 부족한 나에게 당신은 너무 과한 상대였다는 걸 인정하는 건 더더 힘든 일일 것
이다. 나에게 믿음을 주지 못한 당신 탓도 이해하지 못한 나의 탓도 아닌 그저 다른 사람
이 서로만나 같아지길 바랐던 어리석은 욕심이 우릴 이렇게 만든 것일 것이다 라고 위
로하는 수밖에 다른 방법이 생각이 안 난다가 나의 변명이라면 변명이랄까.
떠나간 사람도 남겨진 사람도 먼저 말한 사람도 기억을 지우기위해 먼
저 행동에 옮긴사람도 짐을 챙기는 사람도 흔적을 지우는 사람도 맘을
추스리는 사람도 먼저 아픈사람도 나중에 아플사람도 울었던 사람도
앞으로 더 많이 울사람도 불안한 사람도 술 취할 사람도
다 나이길 바란다.
그리고 당신이 남겨준 불확실한 감정의 찌꺼기가 오랫동안 남지않기를 후회없기를 바란다.

손발이찬 그녀..

손 발이 찬 그녀를 위해서 내가 할 수 있는 것은 단 하나.
몸에 열이 많아 겨울에도 땀나는 손으로 열심히 손발을 주물러주는 것.
내 손 온도와 그녀의 발 온도를 맞추어주는 것.
이건 아주 로맨틱한 일.

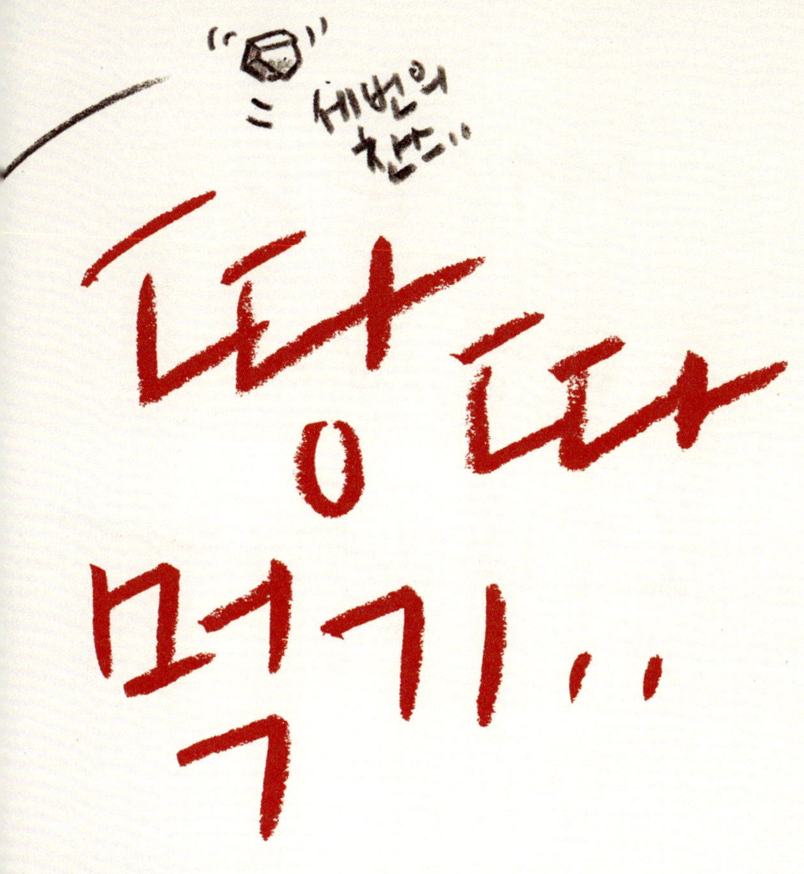

내마음을 넓게 펼치고 니 마음을 넓게 펼쳐.
그리고 난 이쪽 끝, 넌 저쪽 끝에서 돌멩이를 손가락으로 튕겨.
세번만에 내 집까지 돌아오면 그 땅은 내땅.
니 마음 땅따먹기. 니 마음 여기서 저기까지 내땅.
니 마음을 야금야금 가져가는 재미에 시간가는 줄 모른다.
결국은 한사람이 상대방의 땅을 다 뺏어가야 끝이 난다는 이게임은.
나 안해! 한마디면 엎어져버리는 허무하고 골때리는 연애라는 게임.

냉정한
당신이
오히려좋다

이제
잊기만
하면
되는걸..

사랑하면
할수록 ,, 점점
늘어난다
그리고, 줄어든다 —

이런 글을 미니 홈피에 올렸더니 이런 리플들이 달렸습니다.

_한정욱 : 카드 빚은 늘어나고, 통장의 잔고는 줄어든다.
_조우선 : 통화 시간이 늘어나고, 잠자는 시간이 줄어들고...
_윤세림 : 당신 생각이 늘고, 내 생각이 줄어들고..
_백진희 : 의심은 늘어나고, 설레임은 줄어든다..?
_김민지 : 욕심은 늘어나고, 이해는 줄어든다.

/당신의 생각은 어떻습니까?

어,,
쪽팔려,,
나, 못한거니..

누군가에게 홀딱 빠져버리면 그 순간 내가 무슨 짓을 하고 있는지 도통 알 수가 없는 건가봐.
정신을 차리고 나면 흠칫. 아내가 지금 무슨 짓을 한거니...
내 인생의 가장 쪽팔린 순간이 순위를 바꾼다. 하지만 있잖아.
인생을 살면서 내가 좋아하는 그 누군가를 위해 쪽팔릴 수 있는 순간
은 그렇게 많지 않다는 거야.
한번 쪽팔리고 마는 거지. 그 순간을 그냥 보냈다면. 아마 쪽팔림보다 더 억울한. 아 그때 말한
마디 못해본 후회가 남을 테니까.

목구멍까지
차오르는 말 한마디
결국은 하지 못하고
또 하루를 보낸다

인생은 나를 기다려 주지 않는다.
나의 감정도 나의 용기를 기다려주지 않는다.
지금 감정이 소중한 것을 명심 또 명심해야 한다. 알겠습니까?

당신은
너무너무
예쁘네요
미치겠다, 진짜..

이럴때가 있었지.
내 눈에 이사람 너무 빛이나
눈이 부시네..
당신의 성격을 몰랐던때..
당신의 성격이, 미모를 가리네.
마음이 이뻐야해..

고백할 땐
술마시지
말아요

아이코,
긴장이 되서 한잔합니다
아뇨..가슴이 뜨뜻해집니다?
용기도 납니다요? 술.. 이거쯤 괜찮습니다.

소주 석잔에,
당신은 내꺼가 됩니다.

잠에서 깹니다... 젠장..

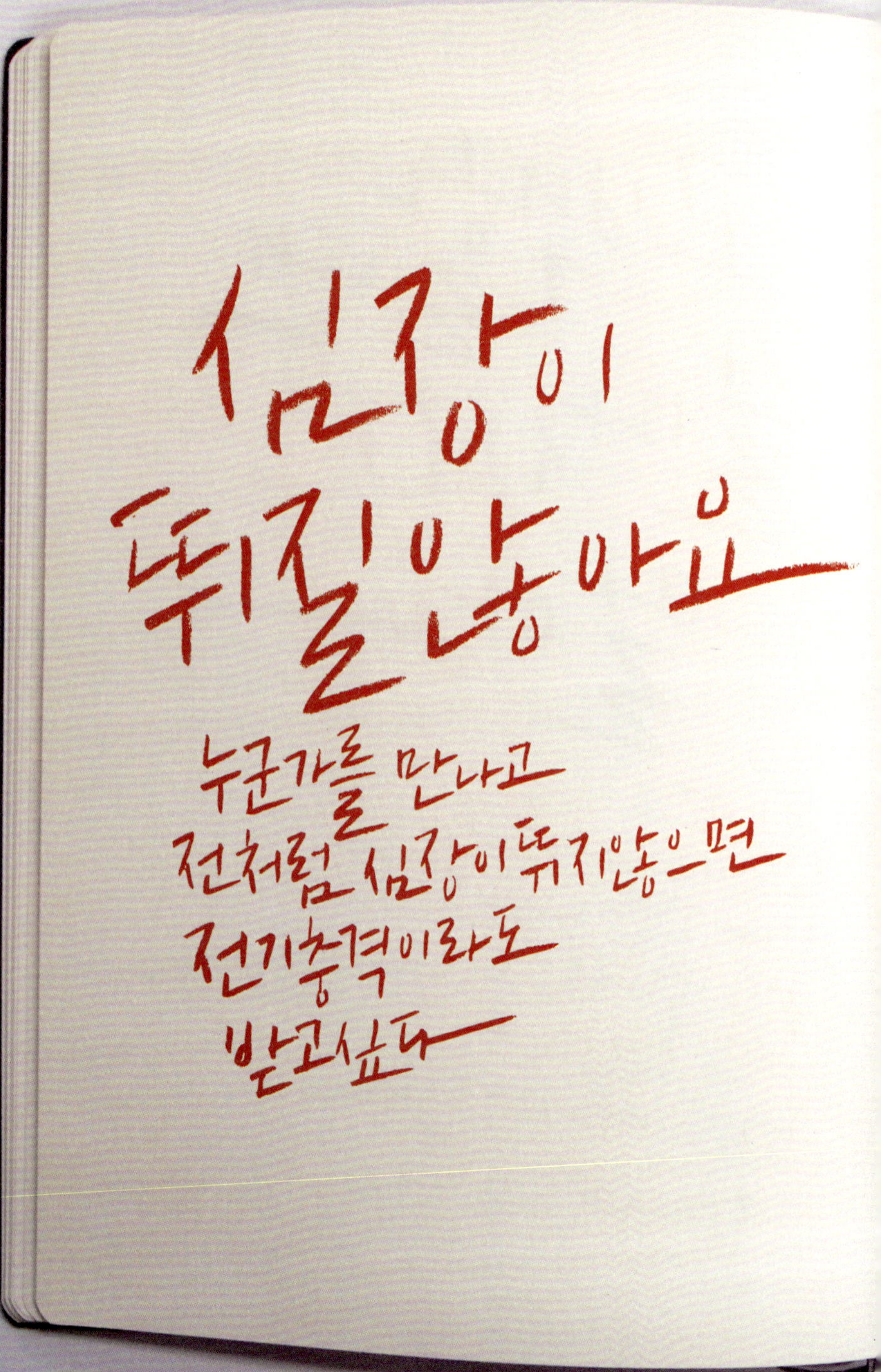

심장이
뛰질 않아요

누군가를 만나고
전처럼 심장이 뛰지 않으면
전기충격이라도
받고싶다

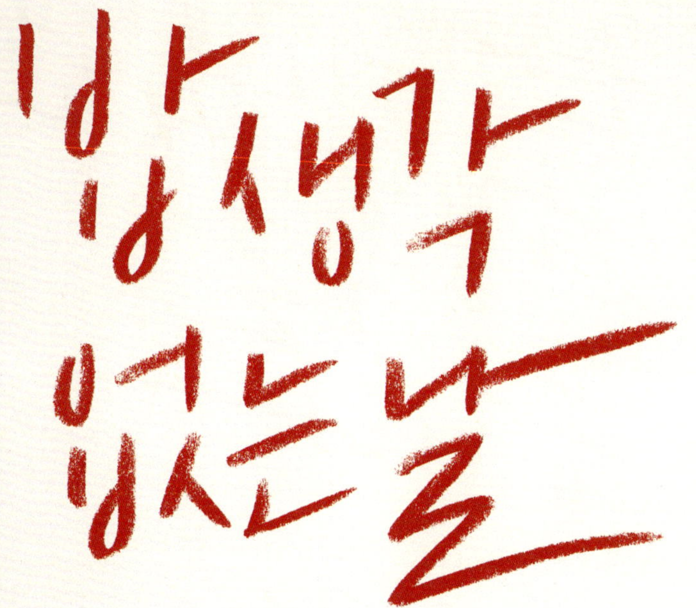

오늘은 별로 밥생각이 없어요
우연히라는말이 무색하게, 그 짐앞을 지나다
당신을 보게됩니다. 여전히..
예뻐요. 찰랑거리는 머릿결도
멀리서도 향기납니다. 그림도 그랬습니다,
보고나니, 한결 낫습니다.
사실, 안먹어도
배불러요. 밥생각이없네요

손에 쥐고 있던
행복을
놓치다

아마도
긴 꿈을 꾸었나봐
꿈에서 깨어보니,
손에 쥐었던 모든 것들이
사라지고 없더라고

손에 쥐었던 행복들이
어찌나 아쉽던지..
눈물이 나더라

너의 하루

당당 하리만치..
요즘의 나의하루는
지쳐있고 말랐으며
생기를 잃었다..

이게.. 또.
니 탓이다

쓸쓸한
거리..

비오는거릴
걸었다..
당신과 걷던
비가 와서 좋았다
생각했었던..

거길이 이토록..
쓸쓸할줄은 몰랐다.

내
착각이죠

당신이
떠난 빈자리,
늘 그자리엔
당신이 있을꺼란
착각이 있죠..

솔직하지
말걸 그랬어.
솔직해야할때와
그러지 말아야할때를
잘 판단해야한다..

더 쿨해질 필요가 있겠어.
아직은 내가 덜 쿨하니 내가 이 정도쯤에서 화내는 건 이해해주길 바래. 왜냐면
내 사랑이 아직 너보단 덜 쿨하기 때문이야...
난 내 사랑이 핫한 거라 생각했거든...
그래서 쿨하려면 좀 시간이 걸려...미안.

우리,
핫하게
살자!

쿨하지말고
핫하게,,
안 뜨거뮨게 좋더라
아잉..

적당히
해라
적당히..
걱정을 한다
우리의 격렬한 불이
너무 빨리 태워질까봐

걱정도 적당히 해야 그 힘을 발휘한다. 사랑하면서 사랑 자체를 걱정하는 것만큼 바보같은 짓은 없다. 사랑은 여기 가슴으로 할 때 그 불이 오래 지속된다. 머리로 사랑하는 순간 퍽하고 불은 찬물 부은 듯 사라진다. 퍽하고.

내 사랑은?

바라볼수록
빠져든다
쑥쑥!

늪에 빠져버렸다..이제는 헤어날수없다..매력에 폭 빠져버렸다...
큰일났다...턱까지 차버렸으니. 또 한번 심하게 허덕이겠네...

I WANT.
닭살커플.
I WANT...

닭이되어도
좋겠다..

나의
가장 이쁜
사진..
당신이 찍어준 사진

사진은 사랑하는 사람이 찍어줄때 가장 이쁘게 나오는 법입니다.

두번째,
책을 마치며…
"epilogue"

두번째라 좀 쉬울 줄 알았습니다.
두번째라고 사랑이 쉽지 않은 것처럼. 다음엔 더 잘 하고싶은 욕심이 생기는 것도 여전히 부족하고 어설픈 것도 어쩌면 이렇게 내 사랑과 같나요.
책을 내고 일년 동안 수많은 일이 있었고 그 외중에 숨가쁘게 달려오느라 하늘도 못보고 살았네요. 사실 오늘은 구름이 아주 이쁜 월요일입니다. 전에는 몰랐던… 이제 아주 사소한 것까지 사랑하려고 노력해 봅니다. 물론 지금은 허리도 아프고, 해야할 일도 많고, 만성 불면증에 귀찮게 하는 사람도 많고, 사랑도 못하고 있습니다. 하지만. 좋아지겠죠. 좋아질겁니다. 사랑이 아주 사소한 것에서 시작되는 것처럼 나도 소소한 것에 행복을 느끼고 일도 나의 사랑도 이제는 아주 잘 해보려고 합니다. 그렇게 생각하니…
전 지금 행복하네요. 당신도 행복해지길 빕니다. 소소한 일상에 행복해지고 곧 사랑도 하게되길 빌겠습니다. 우리 모두 다 행복해졌으면 좋겠습니다.

난
정말!
행복하드구요,

당신도
정말, 행복해져요
네, 이렇게
빌어준다
앙앙!